魅了が解けた世界では

エリオット・シャル・
ロイヤット・ボルビアン
ボルビアン国の王太子。
5年前に幼馴染であった
婚約者を追放し、婚約破棄をした
過去をもつ。
ジュリエナ・ロイヤット・
ボルビアン
ボルビアン国の王太子妃。
自由奔放で無邪気な性格をしている。
幼い頃は虚言癖があるといわれていた。
セレンティーヌ・ド・オグノア
オグノア公爵家の長女でエリオットの元婚約者。
類まれなる発想力を持つ才女。婚約破棄ののち、
平民の「セレス」としてネオシィスト王国で暮らしている。

登場人物紹介
クロノス・フォン・
ネオシィスト
ネオシィスト王国の王太子。
腹黒い性格をしているが、妻には一途
シャロル・レティーナ・
ネオシィスト
ネオシィスト王国の王太子妃。
真珠をこよなく愛する美女。
ヴァン・サンディーロ
サンディーロ家の次男でセレスの夫。
様々な魔道具を生み出した天才。

目次

魅了が解けた世界では

第一章　偽りの幸せは終わりを告げる

――とある公爵令嬢《こうしゃくれいじょう》がボルビアン国から国外追放されてから、五年の月日が流れていた。

山々に囲まれたボルビアン国は一年のうち三分の一が雪で覆われ、貿易が盛んな他国と比べると閉鎖的《へいさてき》であった。周辺諸国のように後世《こうせい》へ伝えられるような伝説もなければ、魔法や魔術は遥《はる》か昔に廃れ、その存在は文献《ぶんけん》で残っているだけだ。その一方で独自の文化が発展し、様々な職人が生まれた。特に武器や家具の装飾技術は、他国の職人がいくら真似しようとしても真似できない代物《しろもの》だ。

他国が羨む文化を持ちつつも、ボルビアン国は交易を最小限に留めていた。著しく繁栄《はんえい》することもなければ、衰退することもなく……。世襲君主制《せしゅうくんしゅせい》によって国王が国を統治し、貴族は与えられた領地を守り、平民は不自由なく暮らしていた。

至って平凡で穏やかな国だ。

そんな国に衝撃が走ったのは今から五年前の事だった。

当時、とある公爵令嬢が、第一王子の婚約者でありながら恋に溺《おぼ》れ、嫉妬《しっと》に狂い、自らの婚約者と仲良くする下級貴族である男爵令嬢《だんしゃくれいじょう》を虐《しいた》げ、さらには殺害まで企《くわだ》てた。

それら全ては白日《はくじつ》の下に晒《さら》され、彼女は国外追放となった。

次期皇太子妃となる筈だった公爵令嬢の悪行《あくぎょう》は、貴族だけでなく多くの民に衝撃を与え、大きな混乱を招いたが、近頃は少しずつ落ち着きを取り戻しつつあった。

国を揺るがす大スキャンダルは今も尚、社交界で話題になる。

その度に誰もが公爵令嬢を非難し、嘲笑《あざわら》い、消えてくれたことに感謝していた。話される内容はどれも似たり寄ったりで、彼女を擁護《ようご》する声は聞こえてこなかった。

彼女は稀代《きたい》の悪女として、ボルビアン国の歴史にその名を刻んだ。


――一方、国を混乱と恐怖に陥れた公爵令嬢のスキャンダルの裏で、もう一つ語り継がれる物語があった。ボルビアン国唯一の王子と男爵令嬢の、身分違いのロマンスだ。


ボルビアン国には十五歳から十八歳までの貴族の子供が通う学園があった。

しっかりとした教養を身に付け、社交界に出ても恥じない礼儀作法とダンスを学ぶ。同時に、貴族の一員として顔や名を売るのだ。生徒たちの中には横の繋がりを広げる者もいれば、将来の伴侶《はんりょ》を探す者もいた。

まさに社会の縮図だ。

学園は、身分に関係なく誰でも自由に学ぶことを方針に掲げていた。

しかし、彼らは当初から他の生徒たちと違っていた。

国王の一人息子である王子を筆頭に、彼の婚約者である公爵令嬢。

宰相の息子である侯爵子息と、王国騎士団総長の息子である伯爵子息と、その婚約者である伯爵令嬢。彼らはいずれこの国の頂点に立ち、王城から群衆《ぐんしゅう》を見下ろす存在だった。

他の生徒にとっては近づくことすら恐れ多い彼らだったが、その均衡が崩れたのはいつからだろう。

とある男爵令嬢が、王子と親しげに喋っている姿がしばしば目撃されていた頃からか。

二人は人目も憚《はばか》らず一緒に過ごしており、妙な噂が流れるのは時間の問題だった。

けれど、事態は思わぬ方向に動いた。

王子の婚約者である公爵令嬢が、自らが持つ権力を行使して男爵令嬢に酷い仕打ちを繰り返したのだ。

王子や、他の者はこぞって公爵令嬢を批難《ひなん》した。幼い頃から仲が良かった王子と公爵令嬢の間には亀裂《きれつ》が走り、二人の距離はどんどん離れていった。

加えて、遅れて入学してきた公爵令嬢の弟ですら彼女を見限り、王子と共に男爵令嬢を守った。

王子と男爵令嬢は誰の目から見ても相思相愛《そうしそうあい》で、身分違いのロマンスがさらに周囲を沸かせた。

そして、事件は起こった。

男爵令嬢が暴漢《ぼうかん》に襲われたのだ。犯人はその場で捕らえられ、取り押さえられながらこう口走った。

「公爵令嬢に頼まれてやった」、と。

公爵令嬢は知らないと言い張ったが、彼女の味方をする者は誰もいなかった。

家族や兄弟、長年一緒にいた婚約者からも見放され、公爵令嬢は国外追放となった。

国を出ていく彼女の姿はどこか潔く、その姿勢は最後の最後まで崩れることはなかったという。


――それから五年が経った。


まさか、悪女と呼ばれた公爵令嬢の起こした事件の結末が、隣国からやって来た一人の天才魔導師によって覆《くつがえ》ることになるとは誰も思わなかっただろう。

とある一つの魔道具で、物語は急展開を迎えることになった。

◇　◇　◇

王宮の一角。

男は隣国の使節団と謁見《えっけん》を済ませ、仕事が溜まった執務室に戻ってきた。父親が病に臥《ふ》してから処理しきれない仕事が回ってきている。

襟や袖口に繊細な刺繍《ししゅう》の入った青い上着と白いトラウザーズの組み合わせは着る者を選ぶが、男は堂々と着こなしていた。肩から斜めに掛かった赤いサッシュと金糸の飾緒《しょくしょ》の輝きから、男の立場が窺《うかが》える。美しく整った美貌《びぼう》もまた血筋だろう。

従者《じゅうしゃ》が部屋の扉を開けると、ワインレッドカラーの上品な絨毯《じゅうたん》の上を小さな男児が走り回っている様子が見えた。傍《かたわ》らでは一人の女がお茶を嗜《たしな》んでいる。何とも優雅な光景だ。

「ご機嫌よう、エリオット」

「ちちうえー！」

女はソファーから立ち上がり、男に声をかけた。その脇から、男児が飛び出して男の足元に抱きつく。

男は男児を抱き上げ、ふっくらと膨らんだ頬に口付けた。両者とも黄金色に輝く髪に、宝石のようなエメラルドグリーン色の瞳。絵になる父子だった。

「もう、リオルったら」

女はクスクスと笑いながら、男に近づいてその頬にキスをした。だが、いつもなら返ってくる口付けはなく。女は不思議に思って首を傾げた。

すると、男は男児――息子であるリオルに向かって口を開いた。

「執務室は遊び場じゃないぞ、リオル」

「いいじゃないですか。最近、食事も一緒にとれてませんし」

冷たくされたことに機嫌を損ねた女は、愛らしい頬をぷくーっと膨らませた。男は息子を抱いたままソファーに腰を下ろす。女はその隣に我が物顔で座った。

男は息子を咎《とが》めつつ、様々なことを呑み込んで女に向き合った。女――自らの妻に伝えるべきもっと重要な話があったからだ。

「隣国のネオシィスト王国から使節団が来た」

「そうですか。それは大変でしたね」

夫を労《ねぎら》う妻としては申し分ない。

だが、彼女の持つ肩書きはごく普通の、どこにでもいる妻とは訳が違った。

男の名は、エリオット・シャル・ロイヤット・ボルビアン――ボルビアン国の王太子である。

そして女は、ジュリエナ・ロイヤット・ボルビアン――エリオットの妻で、王太子妃だった。

話を戻せば、なぜ隣国から使節団がやって来たのか。

その原因はジュリエナにあった。

閉鎖的《へいさてき》なボルビアン国だが、隣国であるネオシィスト王国とは年に数回、数少ない交流を続けてきた。大国であるが故に無視することができなかったのだ。

それに、各国の代表が多く集まるネオシィスト王国の祝宴《しゅくえん》に参加すれば、わざわざ他の国に足を運ばなくとも一堂に挨拶ができる。

――そういえば彼女とも一度だけ訪れたことが……


エリットは一瞬だけ浮かんできた光景にハッとし、薄い唇を噛んだ。

エリオットが立太子するまで、他国との公務は国王と王妃が担っており、隣国を訪れた回数はそれ程多くはなかった。

だからだろう、記憶として残っている思い出は少なく、一つひとつが今でも鮮やかだ。

そして昨年、エリオットは初めてジュリエナを連れてネオシィスト王国を訪問した。妻であり、王太子妃であるジュリエナを紹介する為だ。

しかし、こともあろうかジュリエナは、ネオシィスト王国の特産品に難癖《なんくせ》をつけるという失態《しったい》を犯してしまったのだ。

ジュリエナには思ったことをそのまま口にする癖があった。自国なら許されたかもしれないが、他国ではそうとは限らない。それにあの時は品物を見せてくれた相手が悪かった。特産品を運んできたのはネオシィスト王国の王太子妃だった。

隣国との間に摩擦《まさつ》が生じてはいけないと、エリオットは帰国してからすぐに謝罪の手紙とお詫びの品を贈った。そして、今回訪問してきた使節団はその返答を持ってきたのだ。今後とも良好な関係を続けていこう、と。

その場に居合わせた者たちはホッと胸を撫《な》で下ろしたことだろう。ネオシィスト王国だけには睨まれたくない。

「君は王太子妃として良くやってくれている。だが、他国との外交はとても気を遣わなければならない。何気ない失言で大きな争いを生み兼ねないんだ」

「私には難しいですわ」

「……そうか、分かった。これから外交の公務は私とハルミンで行うことにしよう」

エリオットは有能な右腕の名を出し、溜め息混じりに答えた。

ジュリエナの失態《しったい》が大事にならなかったのは、優秀な側近が同行していたからだ。彼がジュリエナの代わりに謝罪し、隣国の王太子に掛け合ってくれたおかげだ。女性同士の交流と思って目を離すべきではなかった。

元々、男爵令嬢だったジュリエナは、王族であるエリオットと婚約する為にとある公爵家の養女となった。幼い頃から王妃となる為に教育を受けてきた前婚約者とは異なる。

――なぜ、今頃になって彼女の顔が浮かんでくるんだ。

エリオットはぐっと堪え、息子の髪を撫《な》でた。柔らかい金色の髪が指の間をすり抜けていく。疲れているせいか、今日はいつもより苛立《いらだ》っていた。愛する妻の態度や言葉の一つひとつが癇《かん》に障《さわ》った。

その時、ジュリエナが突然恥ずかしそうに笑いながら体を寄せてきた。甘い香りが鼻孔《びこう》をくすぐる。明るい茶色の髪に、黒曜石《こくようせき》の瞳。豊満《ほうまん》な胸の乗った女性らしい体躯《たいく》。

学園に通っていた頃、男爵令嬢でありながら自由奔放《じゆうほんぽう》な彼女に誰もが夢中だった。くるくる変わる表情に、庇護欲《ひごよく》をそそる声と仕草。あの頃と変わりない。

王太子妃になってもジュリエナは、ジュリエナだった。

「ねぇ、エリオット。そんなことより、王太子妃として肝心なことはもっと他にあるじゃないですか？」

言葉遣いも、学園の頃のままだ。

婚約してから未来の王妃として教育が始まったものの、数カ月もしない内に投げ出した。なのに、誰も彼女を咎《とが》めなかった。皆、ジュリエナに甘かった。

「リオルが、弟や妹が欲しいと毎日のようにせがんでくるの」

赤い紅のついた唇を持ち上げて、ジュリエナはエリオットの腕に自らの腕を絡ませてきた。いつもだったら嬉しいそれも、ドレスや行動がまるで娼婦《しょうふ》のようだと興醒《きょうざ》めする。

姿も、声も、笑顔も、昨日までと変わらない妻なのに。

ジュリエナとは学園で出会った。二人は同じ学年で、クラスメイトだった。

とはいえ、男爵令嬢のジュリエナと王子であるエリオットの間には明確な身分の差があり、最初は挨拶を交わす程度の関係だった。

だが、エリオットの親友がジュリエナと親しくなったことをきっかけに、彼女の存在を認識するようになった。

それからだ。教室以外で、ジュリエナと偶然鉢合《はちあ》わせすることが増えた。そうやって何度も繰り返し会っている内に、次第に二人の距離は近づいていった。

婚約者がいる身でいけないと分かっていても、下級貴族とはいえ自身を軽んじることなく、自由でひたむきに頑張るジュリエナに心を奪われるのは時間の問題だった。

いつしか、彼女に深い愛情を抱くようになった。

だが、この恋は諦めなければいけない。この国唯一の王位継承者として。幼い頃から共に歩いてきた婚約者はもちろん、国を更に良くしていこうと誓った仲間の為に。

けれど、それらはジュリエナの告発で一転した。

「実は……殿下の婚約者に、虐《いじ》められているのです」

ジュリエナは泣きながら訴えてきたが、エリオットは最初その言葉を信じることができなかった。婚約者である公爵令嬢のことは、幼い頃から共に過ごしてきた自分が一番よく知っている。そんなことをする女性ではない。

けれど、もしジュリエナの言葉が本当なら、彼女が酷い目に遭っていることに激しい怒りを覚えた。エリオットは直ちに彼女の近辺を調べさせた。

すると、複数人からの聞き込みから、ジュリエナの言葉は真実であると分かった。

エリットは報告を受けたその日に公爵令嬢の元を訪れ、ジュリエナに対する虐《いじ》めをやめるよう忠告した。公爵令嬢は否定したが、エリオットはジュリエナを信じた。

結局、その後も公爵令嬢は虐《いじ》めを止めず、最後には平民の男にジュリエナを襲わせた。万が一の為、ジュリエナの側に騎士を張り付けておいて良かった。

その場で取り押さえられた暴漢《ぼうかん》の証言により、公爵令嬢は国王や多くの貴族が出席する学園の卒業パーティーで断罪された。

エリオットの母親である王妃は実の娘のように可愛がっていた公爵令嬢を最後まで庇《かば》ったが、国王は頑として聞き入れず彼女を国外追放にした。王妃は嘆き悲しみ、心労で倒れて今から三年前に亡くなった。

愛する妻を失い、王妃の分まで公務を行っていた国王も数週間前に倒れ、今では寝たきりの状態だ。稀代《きたい》の悪女となった彼女は、一体どこまで国の者たちを苦しめれば気が済むのか。

——あれほど一緒に過ごしてきたのに……

エリオットは唇を噛んで悔しさを滲《にじ》ませた。一体いつから公爵令嬢は人を傷つける性格になってしまったのか。どうしてその本性に気づかなかったのか。

しかし、今となっては良かったと思っている。彼女が王太子妃となり、後に国母になっていたら大変だった。

こうして、悪魔に魂を売った前婚約者は追放され、エリオットは愛しい女性と可愛い息子を手に入れた。これ以上の幸福はない。


――そう思うことで、現実から目を逸らしてきたのかもしれない。


エリオットは左手首に焼けるような熱を感じて我に返った。

「……？」

反射的に視線を落とすと、左手首にある銀のブレスレットが青く光っていた。

これは先ほどネオシィスト王国の魔導師が献上《けんじょう》してきた品物だ。どんな毒や呪いも無効化できる魔道具だと聞かされた。

例えば毒に侵された時は毒の文字がブレスレットに書かれ、体を巡る前に毒の効果がなくなるという。隣国では王族や貴族なら誰でも身につけていると教えられた。

そして、今。

ブレスレットに浮かんできた文字に、エリオットは血の気が引いた。

「エリオット……？」

ジュリエナが声をあげる。

──なぜだ。


どうして、よりにもよって『それ』なんだ。

エリオットはリオルを床に下ろし、その場で立ち上がってジュリエナを見下ろした。

「どういうことだ。君は一体……？」

そんな筈はない。

違う、違う、と自分自身に言い聞かせた。

けれど、どこかで納得している自分がいた。

すでに心と体のバランスが取れなくなってきたのだろう。ブレスレットがなくてもエリオットの心はとっくに悲鳴を上げていたのだ。

「──っ、王太子妃を部屋に連れていけ！」

エリオットが執務室に控えていた護衛の騎士に命じると、騎士は戸惑いながらも命令に従った。

突然のことにジュリエナは目を見開いてエリオットを見上げたが、彼の目は氷のように冷たかった。

「ちょ、なにっ⁉　どうして、エリオット、エリッ……！」

二人の騎士に両腕をとられ、引き摺られるようにして執務室を出ていくジュリエナを見送る。エリオットの足元には、それを不安そうに見つめる幼い緑色の瞳があった。

◇　◇　◇

遡《さかのぼ》ること数時間前。

ネオシィスト王国の魔導師を名乗った男は、紺色のフードを深く被り、王太子であるエリオットの前に銀色のブレスレットを差し出した。

こちらに差し出された男の手は、革の手袋によって指先まで隠され、年齢どころか肌の色さえ分からない。声から察するに、まだ若い男のようだが、魔導師というだけあって性別も定かではなかった。

声帯《せいたい》だって自在に変えられるチョーカーを見せられたばかりだ。何を信用すればいいか分からない。

ただ、男が差し出してきた魔道具には興味が湧いた。ボルビアン国では、椅子職人によって新しい形の椅子は生まれても、見たこともない品物が生まれることはなかった。

そうして受け取った魔道具は画期的なもので、エリオットは王国を訪問した時にも感じた時代の遅れに再び気づかされた。使節団から要求された貿易の拡大も視野に入れるべきだろうか。

大きな事件から数年、国は落ち着きを取り戻してきた。この国の王太子として何が最良か、選択を求められている気がした。

様々なことに考えを巡らせながら執務室に戻ると、妻と息子がいた。

この二人の為に。

そう思っていた矢先だった……

王太子が王太子妃を閉じ込めたと報告を受けて、一人の青年がエリオットの執務室に飛び込んできた。

「失礼致しますっ！」

ジークレイ・キャスナー。王国騎士団総長を務める伯爵の子息であり、王宮の警護と警備を任されている第四部隊の隊長である。

燃えるように逆立った赤い髪に、茶褐色《ちゃかっしょく》の瞳。騎士だけあって、赤い軍服の上からでも引き締まった肉体が分かる。逞しい腕を揺らして、大股で歩いてくるジークレイはなかなか迫力があった。

「貴方も来ましたか……」

執務室にはすでに王太子のエリオットと、彼の右腕である青年が佇んでいた。

ハルミン・ドルート。三年前に両親を馬車の事故で失い、僅か二十歳という若さで侯爵の爵位《しゃくい》を受け継ぐことになった青年だ。彼が両親の葬式で涙を流すことなく気丈《きじょう》に振る舞った姿が今も脳裏《のうり》に焼き付いて残っている。父親は宰相を務めており、彼自身も学園時代から王宮で働いていた秀才だ。

深緑色の長く伸びた髪を一つに束ね、同色の瞳には銀縁の眼鏡を掛けている。金色の刺繍《ししゅう》が入った白い長衣に、茶褐色《ちゃかっしょく》の外套《がいとう》を羽織った姿は文献《ぶんけん》などに出てくる魔法使いのようだ。

目を細めて相手の動向を探るのは彼の癖で、子供の頃は少女に見間違われるほど愛らしかったのに、今ではすっかり神経質な風貌になってしまった。

「どういうことか説明してくれ」

ジークレイとハルミンはお互いに視線を交わし、執務室の椅子に座ったエリオットに目をやった。

室内には彼ら三人だけだ。エリオットがすでに人払いをして、側近であり親友でもある二人を待っていたのだ。

「話をする前に、二人にもこれを付けてほしい」

「これは……？」

「ただのブレスレットではなさそうですね」

エリオットは机を挟んで向かいに立つ二人の前に、銀のブレスレットを置いた。

「ああ、その通りだ。これはネオシィスト王国の魔導師が作った魔道具で、毒や呪いを防ぐものだ」

「毒や、呪いを……？」

そんなことが可能なのかと驚く二人を前に、エリオットは魔導師から教えられた効果を話して聞かせた。普通ならただのアクセサリーに過ぎず、魔道具ということも忘れてしまうのだという。だからこそ、相手に気づかれず身を守ることができるのだ。

現にハルミンもジークレイも、それぞれブレスレットを腕に通したが変わったところは何もない。

そして、エリオットは深い溜め息の後、話を続けた。

「このブレスレットによって私が防いだ呪いは、魅了《みりょう》だ」

「なっ!?」

「ジュリエナは私に魅了の呪いを掛けていた。本人にその意思があったのかは調査中だが、間違いなくあれは呪いの一種だ」


——『魅了』。


その昔、恋に溺《おぼ》れた魔女が相手の男性を自分のものにしようと作り出した呪いだ。相手を自分に惚れさせ、意のままに操る強力な呪いで、貴族なら誰でもその存在を知っている。学園でも教えられた事だが、実際どういうものか知る者はおらず、物語だけの話だと思って頭の片隅《かたすみ》に追いやられた呪いの一つだ。

なのに、王太子の口から魅了という言葉が発せられ、その犯人が妻である王太子妃だなんて。

二人は驚愕《きょうがく》して目を見張った。

「……なんということを」

「そんな馬鹿な！　きちんと確認したのか⁉　ブレスレットが間違いってことも！」

「何度も確認したさ……。彼女の傍では常に魅了の文字が浮き出て光る。……私だって信じたくはない」

額を押さえるハルミンに対し、ジークレイは噛みつくような勢いでエリオットに詰め寄った。王族の護衛騎士を指揮しているジークレイにとって、護衛対象であった王太子妃が犯人だとは信じ難い話だろう。

「……気づかずにいたら最悪、彼女の傀儡《かいらい》になっていましたね」

「言葉に気を付けろ、ハルッ！」

ジュリエナを咎《とが》める発言に、ジークレイはハルミンの胸倉《むなぐら》を掴んで鋭く睨み付けた。

そう、誰もがジュリエナに夢中だった。

皆が彼女に恋をし、最後は王太子との仲を応援し、王太子妃になったことを喜んでくれた。

「――やめろ、ジーク。ハルミンから手を離せ」

冷静なエリオットの声にジークレイは舌打ちして、ハルミンから手を離した。ハルミンは乱れた服装を直し、ズレた眼鏡を中指で押し上げた。

「それで、一体いつから魅了を？」

「……分からない。もし、出会った時からだとしたら」

「おい、それって……」

「そうですか。それでは五年前の事件も調べ直す必要がありますね」

ハルミンの放った言葉に、エリオットとジークレイは息を呑んだ。

もし、もしもだ。

仮に五年前の事件を調べ直して真相が覆ったら、どうなるのだろうか。国を混乱に招いた事件が今頃になって違っていたと分かったら。

……だからといって、調べない訳にはいかない。エリオットは重苦しい空気の中、口を開いた。

「早急に調べてくれ。もし、あの事件が虚偽《きょぎ》だとしたら……」

自分は、この国は、取り返しのつかないことをしてしまったことになる。

エリオットが苦渋《くじゅう》の表情を浮かべたのを見て、ハルミンとジークレイは何も言えず、彼の命令に従うしかなかった。

◇　◇　◇

悪女と呼ばれ、国外に追放された公爵令嬢――セレンティーヌ・ド・オグノアは、オグノア公爵家の長女だった。ボルビアン国で最も高貴な貴族令嬢であり、生まれて間もなくエリオットの婚約者となったのだ。

それから二人は、ずっと一緒に育ってきた。

お互いを、親友であり、恋人であり、兄妹であり、夫婦であり、喧嘩《けんか》友達である、と言って周囲を笑わせたことがある。誰よりも深い絆で結ばれていた筈だった。

執務室の机に重ねられた報告書に一枚、一枚丁寧に目を通していったエリオットは表情を曇らせた。

五年前の出来事とはいえ、大きな事件だけに覚えている者が大半だ。

なのに、学園時代に関わりのあった者達に魔道具のブレスレットを付けて改めて証言を求めると、一様に覚えていないと口を揃えた。記憶がなくなったのではない。ただ、それまでジュリエナを擁《よう》護《ご》していた声は一転し、何も知らないと語り始めたのだ。

正直、話にならなかった。それでは五年前の証言はなんだったのか。

同時に、確かなことが一つだけあった。

当時、男爵令嬢だったジュリエナを公爵令嬢が虐《いじ》めたという確固《かっこ》たる証拠は、何もないということだ。

公爵令嬢は婚約者として、エリオットに纏《まと》わりつくジュリエナを注意することはあっても、ジュリエナが泣きながら訴えてきたような酷い虐《いじ》めがあったという事実は見つからなかった。

結果的に、ジュリエナの証言だけで公爵令嬢は立場を追われたのだ。

エリオットもまた、ジュリエナの言葉を信じた。信じなければという気持ちにさせられた。婚約者であった公爵令嬢を何度も咎《とが》め、心にもない言葉を浴びさせ、彼女を窮地《きゅうち》に追い込んだのだ。

「私は、一体なにを……っ」

魅了に掛かっていても記憶はある。思い出せば思い出す程、己の愚かさを痛感する。エリオットは片手で顔を覆い、肩を落として項垂《うなだ》れた。

「失礼致します。殿下、例の報告書をお持ちしました」

青い顔で項垂《うなだ》れるエリオットの元へ、もう一つの報告書を携えたハルミンが訪れた。

エリオットの前に立つや否や、ハルミンは険しい顔をさらに顰《しか》めて言った。

「顔色が悪いですね。睡眠もろくに取れていないのでしょう」

「この状況下で眠れるわけがない」

「貴方に倒れられては意味がありません。国王陛下が病に臥《ふ》している以上、動ける王族は貴方しかいないのです」

「……分かっている」

親友の小言に、エリオットは嘆息した。ハルミンの言う通りだ。国王の代理まで務めている自分が倒れてしまっては、業務は瞬く間に滞ってしまう。

エリオットは椅子から立ち上がり、ソファーに移動した。

ハルミンもまた、エリオットの向かい側に腰を下ろした。

「早速ですが、こちらが王太子妃を襲った暴漢《ぼうかん》の報告書になります」

複数枚になるかと思った報告書は、たったの一枚だ。テーブルに置かれた紙を持ち上げて目を通すと、緑色の目が揺れた。

「……奴は、死んだのか」

「ええ。国外追放された日に、国境を越えた所で物取りに襲われたようです」

「なんだと？」

ボルビアン国には死刑制度がなく、国外追放が最も重い刑となっている。

大罪人は二度と入国できないよう手続きがされ、それが済めばほぼ無一文で国境の外に追い出される。当然、馬車もなければ馬もない。ひたすら歩いて移動するしかなかった。運が良ければ生き抜けるだろうが、犯罪者のその後を知る者は誰もいない。

「……口封《くちふう》じのために殺されたのか？」

「それは分かりませんが、偶然にしてはタイミングが良すぎるかと」

「後々証言されては困る者の犯行、か」

苦々しく口に出すと、エリオットは額に手を当てた。

仮に生きていたところで、再び証言してくれるとは限らない。彼もまた都合よく使われたのだろう。

今になって思えば、なぜ暴漢《ぼうかん》の放った言葉を鵜呑《うの》みにしたのか。きちんと調べもせず、裏も取らず、大勢が集まる中で長年一緒にいた婚約者を断罪してしまった。

「王太子妃のご様子は？」

「……相変わらずだ。魅了のことは『知らない、やっていない』と言い張るばかりで、認めようとはしない。そればかりか『そんな設定はなかった』と意味の分からないことを口にするようになってきた。今はジークが見張っているが」

「左様ですか。王太子妃が養子に入る前の男爵家を調べましたが、疑わしいところは何も出てきませんでした。ただ、気になることが一つだけ」

「なんだ？」

「男爵家に古くからいた使用人に話を聞くと、王太子妃は子供の頃は虚言癖《きょげんへき》があったということです。成長されてからはそのようなこともなかったようですが」

「虚言癖《きょげんへき》か……」

ジュリエナは今、王族専用の牢屋《ろうや》がある北側の塔に幽閉《ゆうへい》されていた。

表向きは精神の病に侵されたジュリエナを、治療の為に入れていることになっている。

それもいつまで続くのか。

整った顔を歪ませて頭を悩ますエリオットに、ハルミンはおもむろに訊ねた。

「肝心の証人は消えましたが、いかがしますか？」

昔から表情の乏しいハルミンは顔色一つ変えず、淡々としていた。

両親を失った時でさえ、涙を零《こぼ》すこともなかった彼のことだから当然かもしれないが。

訊ねられたエリオットは乾いた唇を数本の指先でなぞり、逆に訊き返した。

「……公爵令嬢は、セレンティーヌは、冤罪《えんざい》だと思うか？」

本当は訊ねる必要もなかった。己の中ではすでに答えが出ている。それでも口にしたのは、親友に背中を押してもらいたかったのかもしれない。

当然、エリオットの気持ちに気づいたハルミンは、眼鏡を押し上げて伝えた。

「証拠がない以上、明確に言い切ることはできかねます。ですが、今なら……私はセレンティーヌ様の言葉を信じるでしょう」

強い眼差しで迷いのない言葉を放った親友に、エリオットは静かに「そうか」と呟いた。気持ちを代弁された気分だ。沈んでいた胸が少しばかり晴れていく。

エリオットが僅かに頬を綻《ほころ》ばせると、ハルミンは見計らったように別の報告書を差し出してきた。

「それから、こちらを」

ハルミンには珍しく歯切れが悪かった。手渡された報告書は先程のより多く、分厚い。パラパラと捲《めく》り始めると、エリオットの手が止まった。

「……断罪の後、王太子妃に危険が及んではいけないと思い、追放後も彼女の足取りを追っておりました」

「……セレンティーヌはネオシィスト王国にいるのか」

報告書には追放された公爵令嬢の情報が生い立ちから数週間の情報まで、事細かに書かれていた。

そして今、彼女はそれほど離れていない場所——隣国であるネオシィスト王国にいる。

近頃、隣国の名を耳にすることが多いせいか、知らないところで誰かの掌《てのひら》の上で踊らされているような気がしてならない。

そうだとしたら一体誰が、何の為に。

だが、今は優先するべきことが他にある。

「セレンティーヌ様は現在は平民として、王都の市井《しせい》で暮らしております」

「生きていたのか。そうか、それは……」

良かった、と言っていいのか。

追放を言い渡したのは国王だが、他の女性に心を奪われ、断罪し、追い詰めたのは自分だ。幼い頃から共に過ごし、支え合ってきたのに。

エリオットは報告書を握り締め、ハルミンに命じた。

「ジークとユリウスを呼べ。今後について話し合う必要がある。それからネオシィスト王国の使節団に滞在の延長を。同時に、こちらからも派遣《はけん》する使者の同行も頼んでくれ」

「――仰せのままに」

◆　◆　◆

銀色に輝くその屋敷《やしき》は、別名「銀水晶の宮」と呼ばれている。先々代の王女殿下が公爵家に嫁ぐ際に国王が贈ったものだ。以来、公爵家は数十年に渡り、屋敷《やしき》を大切に使ってきた。

特に中庭の庭園は季節によって様々な色の花を咲かせており、どんな状況でも色褪《いろあ》せることはなかった。庭園の中央には庭を見渡せるガーデンハウスが建てられ、白いラウンドテーブルと椅子が置かれていた。

かつてそこでは少年と少女が円卓《えんたく》会議を行い、意見を出し合い、議論し、この国の為に何をやれるか、日が暮れるまで語り合っていた。

それが昨日のことのように蘇ってくる。

「……姉上」

銀髪の青年はテーブルに置いた手を握り締め、唇を噛んだ。王太子から呼び出しの手紙が届けられたのはつい先程のことだ。青年の腕には髪と同じ色のブレスレットがはめられていた。

青年は踵《きびす》を返し、思い出の場所から離れた。

そこに笑い声が戻ってくることは二度とない。

たとえ、これが誰かの用意した筋書きだとしても、動き出してしまった歯車はもう止められなかった。

第二章　五年前の真実を求めて

ネオシィスト王国は国土の半分が海に面しており、通年穏やかな気候に恵まれている国だ。特産品には「人魚の涙」といわれる真珠《しんじゅ》があり、他国との貿易も盛んで資源豊富な発展国であった。

——しかし、それだけではない。


ネオシィスト王国には魔法が存在した。

王都の中央にそびえ立つ円柱の塔には巨大な魔法石が納められ、人々は石から力を借りて、生活に必要な分だけの魔法を扱う。

人によって、魔法石から吸収できる力の量は異なっていた。許容量以上の大量の力を流し込むと体は耐えられなくなり、肉体は破裂《はれつ》してしまう。

よって、人々は魔導師の作る魔道具に頼っていた。

魔導師とは、国が認可した職業の一つであり、様々な物質に魔力を付与することのできる者達のことだ。ネオシィスト王国にある身分に関係なく通える魔法学園には、魔導師に憧れた多くの学生が学びにやって来るが、魔導師になれるのはほんの一握りしかいない。魔導師は皆、魔法石から多くの力を引き出すことができる。

努力以上に才能が必要とされるのだ。

そんな魔導師たちが作った魔道具……自らの手首に付けたブレスレットを見て青年は溜息をついた。

謁見《えっけん》の間。

「ネオシィスト王国の若き太陽、王太子殿下にご挨拶申し上げます」

王座に国王の代理として座った男は、頭を下げる青年に向かって緋色《ひいろ》の瞳を細め、口の端を持ち上げた。

青年がボルビアン国に滞在していた使節団と共にネオシィスト王国に向かうこと三日ばかり。

本来なら馬車で十日はかかるところを、馬を使わない魔道具の乗り物によって実に快適な旅路となった。予《あらかじ》め訪問の知らせはしていたが、出迎えてくれたのは国王ではなく齢二十八の王太子だった。

「生憎《あいにく》、国王は公務で数ヵ月ほど城を空けている。私で失礼するぞ、ボルビアン国の」

「畏れ入ります」

王座に悠々と腰掛け、すでに一国の主の風格《ふうかく》を纏《まと》った彼は、クロノス・フォン・ネオシィスト。

王国が現在のような発展を遂げたのは彼の手腕《しゅわん》だと言われている。黒髪に緋色《ひいろ》の瞳をした美丈夫《びじょうふ》で、

細く見える肉体もよく見れば無駄のない筋肉がついていた。

「滞在中は自由に過ごしてくれ。必要なら案内人をやろう」

「お気遣い感謝致します、殿下」

ボルビアン国から訪れた青年はユリウス・ド・オグノア。王太子妃の弟で外交大臣の補佐官を務めている。前回の外交でジュリエナが犯した失態《しったい》の正式な謝罪と、ネオシィスト王国の使節団が献《けん》上《じょう》した魔道具の御礼が主な役割だった。

「我が国の魔道具はどうだった？」

「ええ、素晴らしい品でした。あれほど優れたものをネオシィスト王国では王族の方々だけではなく、裕福な方なら誰でも身に付けていると伺って驚きました」

「それだけ狙われやすいということだがな」

クロノスは茶目っ気たっぷりに片目を瞑《つぶ》って肩を竦《すく》めた。大国の王太子だが、なかなか気さくな男だ。だが、ユリウスは汗の滲《にじ》んだ手を握り締めた。

「ああ、そういえば。そなたの姉君は息災《そくさい》か、オグノア殿」

「……」

突然の問い掛けにユリウスだけではなく、後ろに控えていた従者《じゅうしゃ》や護衛の騎士も僅かに息を呑んだ。クロノスは、果たしてどちらの姉のことを訊ねたのか。

いや、考えすぎか。

あれから五年も経っているのだ。

クロノスほどの立場の男が一度外交で訪れた程度の公爵令嬢を、覚えている筈がない。ユリウスは笑みを浮かべたまま、声が震えないように気を付けながら答えた。

「……冬季が近づいております故、体調を崩す者が増えて参りました。我が姉も現在療養中でございます。本日はこちらに赴《おもむ》けず、王太子妃に代わって重ね重ねお詫び致します」

「そうか、それは心配だな。ボルビアン国の冬はとくに厳しいと聞く。戻った際は早く良くなるよう願うと伝えてくれ」

「王太子殿下のお気遣い痛み入ります」

ユリウスは再び深く頭を下げ、ボルビアン国の者達と共に謁見《えっけん》の間を後にした。

国から持参した献上品《けんじょうひん》も喜ばれ、用意された部屋に辿り着いた途端、額から汗が滝のように流れてきた。柔らかな笑みを浮かべていても、あの紅い目で捉えられると常に心臓を鷲掴《わしづか》みにされている気分だった。

倒れ込むようにしてソファーに座ると、部屋の扉が叩かれて二人の従者《じゅうしゃ》と騎士が入ってきた。

「よくやった、ユリウス」

「……エリオット殿下」

被っていたウィッグを外し、本来の姿に戻ったのは、ボルビアン国の王太子であるエリオットだ。

隣の従者《じゅうしゃ》もまた変装を解いて、エリオットの側近であるハルミンが姿を見せる。そして護衛騎士としてついてきたのはジークレイだ。

エリオットとハルミンは立場を偽ってネオシィスト王国に入国していた。他国の王太子ともなれば、自由に歩けるわけがない。

集まった彼らはお互いに顔を見合わせ、それぞれの意思を確認した。

今回の目的は別にある。

「セレンティーヌの居場所は分かっている。ここはボルビアン国ではない、慎重に動こう」

エリオットの言葉に、他の三人は深く頷いた。

◆　◆　◆

遡《さかのぼ》ること数日前。エリオットは秘密裏に、ボルビアン国から派遣《はけん》する使節団に紛れて入国する準備を進めていた。

ハルミンは王太子自ら素性を隠して入国することに反対していたが、エリオットを止められないと悟ると自分も行くと言い出した。ジークレイに限っては、王族を守るのが使命だと言って今回の護衛に名乗りを上げてくれた。

ユリウスは実姉の冤罪《えんざい》の可能性を伝えられると、しばらく公爵家の銀水晶の宮に閉じ籠もり、姿を見せなくなった。だが、使節団へは必ず同行するだろうと確信があった。それまで落ち着く時間が彼には必要だったのだ。

一方、エリオットはハルミンと計画を練りながら、王宮のとある部屋を訪れていた。

「……父上、ご報告がございます」

病に臥《ふ》した国王の元に足を運ぶ。

ベッドから起き上がって食事を済ませた父親の顔色はいつもより良かった。

ただ、寝たきりのせいで頬は痩《こ》け、体は一回りも小さくなってしまっている。黄金色の髪も白くなり、一気に年老いてしまったようだ。最愛の王妃を失ってから気力を失った国王は、日に日に弱っていった。

それでも息子として、王太子として、責任のあるエリオットは身に起きたことを包み隠さず話さなければいけなかった。

「……なんと、いうことを」

国王は、魔道具のブレスレットを付けた左手で顔を覆った。口からは悲痛な呻《うめ》きが漏れ、エリオットは直視できなかった。

小さい頃から息子と共に育ってきたセレンティーヌは、国王にとって我が子同然だった。また娘が欲しかった王妃は彼女の両親以上に彼女を溺愛《できあい》し、可愛がっていた。本当の娘になるまであと少しだったのに、全てが一変した。

王妃はセレンティーヌの無実を証明しようと動いていたが、大勢の前で断罪される彼女を庇《かば》うことができなかった。それは国王に対する反逆を意味する。娘のような存在を失い、王妃は嘆き悲しみ、倒れてそのまま回復せずに亡くなった。

オグノア公爵夫妻は娘の責任を取る形で、ジュリエナを公爵家に養女として迎えたが、世間からの糾弾《きゅうだん》や嫌がらせが絶えず領地に引き籠もってしまった。

エリオットから話を聞いた国王は声を震わせ、王妃の名前を口にした。魅了という呪いに掛かっていなければ失わずに済んだ最愛の妻だ。

「……それで、隣国に行くのか」

「ええ、素性を隠して入国するつもりです」

「そうか。……リオルはどうした」

「信頼できる女官と侍女に預けております」

急に息子の名前を出されて、エリオットは僅かに眉根を寄せた。

まだ幼い息子は突然母親に会えなくなって何度も泣き喚《わめ》いた。どんなに言い聞かせてもまだ理解することはできないだろう。

エリオットもまた、自分の気持ちに整理がついていなかった。

唯一の我が子なのに、あれから抱き上げたくても手が止まってしまう。泣いている息子を抱き締めて慰めてやりたいのに、体が拒否するのだ。

「もし、セレンティーヌと再会できたら……」

「ええ」

「……すまなかった、と」

国王が民に頭を下げることはない。

けれど、エリオットを通して、追放してしまった彼女に謝罪してきた。エリオットは「必ずお伝えします」と約束した。

「お前が国を離れている間、私が留守を預かろう。いつまでも臥《ふ》せっている場合ではないな」

「どうか、ご無理はなさらずに」

「大事ない。――頼んだぞ」

国王の伸びてきた手が、エリオットの肩を掴んで揺らした。

弱い力だった。それでも父親の思いを受け取り、エリオットは数日後に従者《じゅうしゃ》として旅立った。

◇　◇　◇

セレンティーヌが隣にいることは、エリオットにとって日常だった。

初めて出会った瞬間も思い出せないぐらい、気づけば誰より近くにいた。お互い、婚約者として特別意識したことはない。関係を定める必要もないぐらい好き合っていたからだ。

「エリオット！」

王宮と公爵家の邸宅《ていたく》は馬車で二十分足らずの距離にあった。

おかげで、二人はほぼ毎日のように行き来して相手の家に転がり込んでいた。まるで我が家に帰る感覚で足を運んでいるせいか、護衛や侍女を置き去りにして部屋に駆け込んでくることも日常《にちじょう》茶飯事《さはんじ》だ。

「……セレンティーヌ、女の子が扉を勢いよく押し開けるなんて、はしたないよ？」

「一昨日も同じことを言われた気がするわ」

「そういう記憶力は良いのにね」

柔らかくウェーブのかかった銀色の髪を揺らし、長い睫毛の下に収まった青灰色の大きな瞳を輝かせてやって来たのは、もちろん婚約者である少女だ。

彼女の髪や瞳の色に合わせた青いドレスは、生地《きじ》が左右に開かれて後ろで括られ、水色のフリルがあしらわれたアンダースカートが足元を隠していた。社交界で流行りの形だというドレスは、婚約者をより愛らしく引き立ててくれている。

部屋で勉強をしていたエリオットは、開いていた本から視線を持ち上げてやって来た婚約者に肩を竦《すく》めた。少し遅れて、無事彼女の護衛が追いついたようだ。

「また隠し通路を使ったね？」

「えーと、どうだったかしら」

本来なら十歳の子供の足で護衛をまくことは不可能だ。それなのに、セレンティーヌは毎度のことなが一人で颯爽《さっそう》と現れる。

答えは簡単だ。彼女は王宮の隠された通路という通路をエリオットなみに知り尽くしているのだ。小さい時からエリオットと共に冒険ごっこをしたのが原因だ。本来は王族しか知らない通路であるというのに。そういう意味でも、エリオットの婚約者はオグノア公爵家の令嬢、セレンティーヌ以外いないのである。

「あのね……ティヌ」

これはもう一度よく言い聞かせないといけない、と本を閉じたエリオットは椅子から立ちあがりセレンティーヌに近づいた。安全な王宮内とはいえ、何かあってからでは遅い。婚約者である前に一国の王子として対処するべきだ。

「なあに?」

「——っ、なんでも、ない……」

意気込んで向かい合ったものの、二人でいる時だけ使う愛称《あいしょう》を口にしたのがいけなかったようだ。セレンティーヌは嬉しそうに青灰色の目を輝かせて、子犬のように小さく首を傾げた。その愛らしさに、エリオットの威厳《いげん》は容易《たやす》く崩れ落ちた。

一瞬、息を切らした護衛の騎士と目が合ったが、その顔は悲愴感《ひそうかん》が漂っていた。王子も婚約者の前では形無《かたな》しだと噂が広がってしまわないか心配になる。

エリオットは誤魔化《ごまか》すように咳払《せきばら》いし、セレンティーヌに向き直った。

「と、ところで、今日はそんなに急いでどうしたの？」

「ふふ、これを見て。王妃様からお茶会の招待状が届いたの」

輝いていた瞳をさらに光らせ、セレンティーヌは持っていた白い封筒を差し出してきた。封蝋には王室の印璽《いんじ》が押されていた。

セレンティーヌは興奮冷めやらぬ様子でエリオットの手を掴み、二人は並んでソファーに座った。

「そうか、来月だったね」

二人が座ってから間もなく、侍女がお茶やお菓子を運んできた。

テーブルにはセレンティーヌの大好きなお菓子ばかりが置かれていく。どうしてかって、見ていれば嫌でも分かる。

セレンティーヌは、お茶を用意してくれた侍女に向かって「ありがとう、美味しくいただくわね！」と飾らない笑顔でお礼を言い、侍女は感動して目を潤ませるのだ。

こうしてまた一人、婚約者を崇拝《すうはい》する者ができた。王宮の侍女はすでに掌握《しょうあく》されていると思って間違いない。エリオットは好物のクッキーを頬張るセレンティーヌに嘆息した。

「私達と同じ年ぐらいの子供を集めてのお茶会なんて楽しみだわ！」

「浮気なんかしちゃダメだよ？」

侍女とのやり取りを見ていると、セレンティーヌにそのつもりがなくても相手は勘違いしてしまいそうだ。先が思いやられると首を振って見せれば、セレンティーヌは唇を尖らせた。

「そういうエリオットこそ」

普通なら恥ずかしくなるような会話も、二人はまるで違っていた。一瞬、浮気をする自分たちを想像してみるが、思い描くことすらできず、どちらも「ないね」「ないわね」と呟いて頷いた。

「そういえば母上が、ティヌのドレスを仕立てるって張り切ってたよ」

「逆に、私のお母様は機会を奪われて嘆いてたわ」

「……程々にするよう言っておくよ」

王妃であるエリオットの母親はエリオットを産んだ後、子供をなさなかった。正確には腹に宿っても産声をあげることはなかった。今は子供ができる体ではなくなってしまい、一度だけ声を殺して泣いている母親を見たことがある。

考えられる理由は王と王妃がいとこ同士で、流れている血が近いせいだろうと言われている。

ボルビアン国のように閉鎖的《へいさてき》な国は他国の血を受け入れない。

王室も近い者同士で婚姻を繰り返し、生まれる子供の数は年々減少してきている。まだ成人にもなっていないエリオットの耳にも入ってくるほどの話だ。貴族の大半は王族と血の繋がりがあると言っていい。

だから、息子一人しかいない王妃は、息子の婚約者であり赤子の頃から見てきたセレンティーヌをとても可愛がっていた。それはセレンティーヌも理解しており、楽しそうにドレスを準備してくれる王妃に何も言えないでいるのだ。

「きっとエリオットとお揃いの色に仕立てあげるつもりだわ。それじゃ浮気どころか他の男の子と話もできないわね」

「全身で僕の婚約者ですって言いながら歩いてるようなものだね」

「あら、私は全然平気よ？　むしろ嬉しいわ」

「君はもう少し自重《じちょう》したほうが良いよ……」

茶化すわけでもなく至極真面目な顔で言ってきたセレンティーヌに、エリオットは肩を落とした。

「僕の心臓がいくつあっても足りない」と呟けば、セレンティーヌはにこにこ笑って二人の間にあった距離を一気に詰めてきた。

ほら、浮気なんて絶対できない。エリオットの心は婚約者への愛でいっぱいになってしまう。

「エリオットは、このお茶会でとくに挨拶しておきたい人っている？」

「うん、いるよ」

触れたところから伝わってくるセレンティーヌの体温にドキドキしながら、エリオットは頷いた。

招待状には招待客のリストが入っているわけじゃない。だが、エリオットは母親から誰と会って、誰と挨拶しておいたほうがいいか予《あらかじ》め教えられていた。

「騎士団総長のご子息が僕たちと同じ年なんだ」

「キャスナー伯爵家ね」

国を守る騎士団は、多くの人々に憧れられている。彼らに憧れて騎士を目指す男児からはもちろん、淑女《しゅくじょ》からも人気が高い。

剣を掲げて王に忠誠《ちゅうせい》を誓う式典《しきてん》は、毎年の恒例行事となっており、多くの民が王室の広場に押し掛けて見物するぐらいだ。騎士たちが式典《しきてん》用の隊服に身を包み、一糸乱れず行進して剣を抜く姿は感動して込み上げてくるものがある。

「キャスナー伯爵家は代々決まって赤い髪だからすぐに見つかりそうね」

「彼にも幼馴染《おさななじ》みの婚約者がいるって言ってたから、ティヌも挨拶しに行こう」

「分かったわ。彼も騎士を目指しているなら、将来私達とも関わってくるでしょうし」

王室と騎士団は深い繋がりがある。歴史を辿っても建国から王室を支え、小さなボルビアン国を他国から守り、争いのない穏やかな国にしてくれた組織だ。

だから、今も行われる騎士団の式典《しきてん》は平和の象徴でもあった。

エリオットはセレンティーヌの言葉に口元を緩ませ、笑顔で頷いた。直後、セレンティーヌが「わ、私の心臓が……」と胸を押さえたのは見なかったことにしよう。

「それから、ハルにも良い子を見つけてあげないと」

「彼、嫌がると思うわ」

「そうかな？」

エリオットは親友にも早く素敵な相手が見つかるように願っているのだが、セレンティーヌは首を振って止めた。

「ハルミンには、彼のタイミングで良い人が現れる筈よ」

自分たちが幸せなせいか、身近にいる人も同じように誰かと幸せになってほしいと思ってしまう。

けれど、相手のことも考えなければいけないと気づいて反省した。

エリオットはセレンティーヌの手を握り締め、銀色の髪に頭を押し当てた。

「そうだね」

エリオットにとって、セレンティーヌと一緒に過ごす時間は至福だった。

自分たちは誰もが羨むような夫婦になって死別するまで離れずにいる――ものだと思っていた。


――通い始めた学園で、下級貴族の令嬢と出会うまでは。


「エリオット様……！」

彼女は婚約者とは違い、教養もなければマナーも身に付いていない男爵令嬢だった。最初は興味も抱かなかった。それが、鉢合《はちあ》わせることが増え、何度も顔を合わせている内に本音を零《こぼ》すようになっていた。


――不思議だった。

気づくとジュリエナと名乗った彼女に引き寄せられていた。

これまでセレンティーヌと過ごしてきた幸せが崩れ落ち、彼女を国から追放して、新たに婚約者となったジュリエナと婚姻を結んだ。

二人の結婚式は盛大に行われ、純白のドレスに身を包んだジュリエナの姿が眩しかった。贅沢の限りを尽くしたドレスには批判的な声も出ていたが、平民に近い立場にあったジュリエナは国民から高い支持を得ていて、結局押しきられる形で結婚式は進められた。

そして迎えた初夜。

腕に抱いたジュリエナは確かに初めてだった。

愛する彼女の純潔《じゅんけつ》を散らし、エリオットはジュリエナの肉体を貪《むさぼ》った。ジュリエナはエリオットの下で満足げに唇を持ち上げ、細い腕を絡ませてきた。

初めてなのに、彼女は妙に男を知っていた。経験がなかったエリオットは女体と肌を重ねる快楽を覚え、ジュリエナの甘い誘惑に溺《おぼ》れていった。もっと注意深く彼女と付き合っていたら、こんなことにはならなかったかもしれない……

「——……っ！」

広いベッドの上で、一人眠りについていたエリオットは突然目を覚まして飛び起きた。刹那《せつな》、胃から食べたものが込み上げてくる。エリオットは口元を押さえ、しばらくじっと耐えた。

悪い夢を見たような気がする。違う、あれは夢などではない。これは己が今向き合わなければいけない現実だ。エリオットは深い溜め息をついて、目にかかる前髪を掻き上げた。

「セレンティーヌ……」

ネオシィスト王国に到着したその日。

エリオットは魔道具をつけてから心を蝕んでいた呪いは解けたものの、忌々しい悪夢を毎晩のように見ていた。そして毎日、自問自答しては罪悪感に駆られていた。

なぜ、君を遠くへ追いやってしまったのだろう。あれほど傍にいたのに。隣にいることが当たり前だったのに。

なぜ、魅了などにかかってしまったんだ。身分もなくなって追放された君は、この隣国で無事なんだろうか。早く、会って話がしたい。五年前の真相を確かめなければいけない。

エリオットは暗闇の中、元婚約者に思いを馳せ、小刻みに震える手を強く握り締めた。

◇◇◇

雲一つない快晴。

紋章《もんしょう》のない馬車が貴族の暮らす居住空間を抜け、平民の住む市井《しせい》へ入ったところで止まった。

貴族の家と比べて小さな家が密集していたが、生活水準が高い国だけあって道路は舗装され、建ち並ぶ家はどれもお洒落なレンガ造りだった。家の前には花壇があり、季節ごとに花を咲かせるそうだ。

露店の出た市場は活気があり、行き交う人々の顔も随分穏やかだ。

これがネオシィスト王国の民か。

閉鎖的《へいさてき》なボルビアン国は他国の人間を受け入れにくく、馴染むまで時間がかかる。

しかし、これだけ開けたネオシィスト王国なら肌や髪、瞳の色で差別されることはないだろう。

他国から追放されて逃げてきた者にも居場所を与えてくれる。

そんな国だった。

「……あちらです」

帰国の前日。

エリオットはハルミンの案内で、ジークレイとユリウスを伴い、市井《しせい》に降りていた。今日まで逸る気持ちを抑え、外交を無難にこなすユリウスの従者《じゅうしゃ》に徹していた。他国に王太子が忍び込んだだけでも問題なのに、見つかればどんな事態を招くか分からない。慎重にならざるを得なかった。

息を潜めて過ごしてきたエリオットは、隣国の監視も緩んだ帰国する前日の、人通りが多い夕刻の時間帯を選んで動いた。

上質とはいえない外套《がいとう》を羽織り、フードを被って顔を隠し、平民に紛れてハルミンの後をついていく。

辿り着いたのは王都の中でも城から遠く離れた貧しい区画の居住地だ。

貴族の近くに住む平民の家とは異なり、木造の建物が点々とある。

こんな場所に公爵令嬢だった彼女がいるのだろうか。にわかには信じ難い。

けれど、ハルミンはとある木造二階建ての家が見えてくると立ち止まり、エリオットにそっと目配せした。裏は森になっていて、そこにだけぽつりと建っているような家だった。

エリオットが視線をやると、建物の入口に小さな店の看板が掛けられている。小物を売っているようだ。カーテンのかかった窓から中を窺《うかが》うことはできなかったが、家の中から女性の声が聞こえてきた。

「今日もお買い上げくださり、ありがとうございます！」

明るい声がした。

家の扉が開くと取り付けられたベルがカランカランと鳴り、中から二人の女性が出てきた。

一人は買い物客だろう。どちらも地味なワンピースを着た平民の女性だ。お礼を告げた女性は客の女性に向かって笑顔で手を振った。

その横顔に、エリオットは息を呑んだ。

彼女を見間違う筈がない。

セレンティーヌ・ド・オグノア、元公爵令嬢。

かつて腰まで伸びていた美しい銀色の髪は肩につかないところで切り揃えられ、豪華なドレスは茶色の質素なワンピースになっていた。顔の美しさはそのままに、大人の女性に成長している。それでも昔のような華やかさはどこにもない。

「……セレンティーヌ」

ふらり、とエリオットの足が彼女に向かった。

セレンティーヌは家に戻ろうとしたが、視線を感じて振り返った。エリオットは被っていたフードを外し、顔を晒して近づいた。エリオットの姿を見た彼女は、青灰色の瞳を大きく見開き、驚きを隠せないようだった。それでも叫ばずにいるのは貴族令嬢だった頃の教育の賜物だろうか。

セレンティーヌは逃げることも、拒否することもなかった。

人目を心配したのか辺りを確認し、家の中に招いてくれたのだ。

四人は少なからず安堵《あんど》したが、家の中に入った途端、彼らの表情は凍りついた。

「……お久し振りでございます。ボルビアン国の若き太陽、エリオット・シャル・ロイヤット・ボルビアン王太子様にご挨拶申し上げます」

振り返った彼女はエリオットの前で跪《ひざまず》き、額を床に擦り付けて震えていた。

今の彼女はもうカーテシーで挨拶をしてくる貴族令嬢ではない。

――平民なのだ。

そして、そうさせてしまった自分達に、改めて己の犯してしまった罪を思い知った。

『セレンティーヌ！　君は私の婚約者でありながら、私と仲良くするジュリエナに嫉妬《しっと》し、彼女を虐《いじ》め、暴漢《ぼうかん》までけしかけて命を奪おうとした！　そんな君をこのまま私の婚約者にしておくことはできない！　今ここで君との婚約を破棄する！』

『貴方のような罪人が殿下の婚約者だったとは。こちらに証拠が揃っている以上、言い逃れはできませんよ』

『俺はいずれ王宮の騎士となってエリオットやお前を支えたいと思っていたのに……。罪を認めてジュリエナに謝罪してくれ』

『貴方のような残忍で非道な方が、僕と血の繋がった姉弟とは思いたくありません。もう姉と呼ぶこともないでしょう』

跪《ひざまず》いて両手と額を床につけたセレンティーヌを見て、彼女に浴びせた言葉の数々が鮮明に蘇ってきた。魔道具によって呪いは解けても、記憶までは消し去ってくれない。

彼女を今の立場に追いやったのは、紛れもなく自分達だ。

エリオットは足元が揺らぐのを感じた。

それでも、床に張りつくセレンティーヌをそのままにしておけず、彼女の傍に片膝をついた。他の三人は動くこともできなかったようだ。

「やめてくれ、セレンティーヌ……。どうか、顔をあげてほしい。私達は君と話がしたくてここまで来たんだ」

「王太子殿下……」

「さあ、立ってくれ。まずは椅子に座ろう」

昔のように名前を呼んではくれないセレンティーヌに複雑な気持ちを抱きつつ、エリオットは手を差し伸べた。目の前に出された手に、セレンティーヌは一瞬躊躇《ちゅうちょ》するも己の手を重ねる。しなやかで張りがあった手はざらついて荒れていた。

「勝手だけど、店は閉めさせてもらうよ」

「……分かりました、お願いします」

エリオットがジークレイに視線をやると、彼はすぐに店のドアを閉めてカーテンを引いた。

店内は狭く、男性四人が入ると窮屈だ。

棚には女性用のアクセサリーが並べられていたが、じっくりと見る余裕はなかった。

「奥の部屋へどうぞ」

セレンティーヌに促されて店の奥に進む。そこはキッチンとダイニングテーブルが置かれた居住空間だった。めったに訪れない平民の家に戸惑いながら、エリオットは四脚ある椅子の一つにセレンティーヌを座らせた。

彼女の蒼白かった顔色は徐々に戻りつつある。

エリオットはテーブルを挟んで反対側の椅子に腰を下ろした。隣にはハルミンが座り、ジークレイとユリウスは二人の後ろに立った。

「……店の装飾品は君が？」

「はい。まだ簡単なものだけですが…」

何気ない、ありふれた会話から入る。

セレンティーヌが刺繍《ししゅう》を好んでいたことは覚えている。彼女から毎年刺繍《ししゅう》の入ったハンカチを貰っていたからだ。

それも五年前に捨ててしまった。

彼女との楽しい思い出が蘇っては、辿り着くのは結局、婚約破棄して追放してしまった事実だ。

沈黙が訪れ、お互いに口を開きかけては閉じる。それを繰り返している間に、セレンティーヌがぽつりと言った。

「……大人に、なりましたね」

最後に会ってから五年の歳月が過ぎている。

昔は片時も離れなかったのに、見ない内にどちらも成長していた。

エリオットは「君も、大人になった」と口元を緩めて漏らすと、張り詰めていた緊張が解けた。

セレンティーヌの肩から少し力が抜けたところで、エリオットは改めて彼女と向き合った。

「今更だと思うかもしれないが、五年前の真相をもう一度君の口から聞くためにここまで来たんだ……。私のしてしまった事が過ちなら、私は君に謝罪しなければいけない」

だから、話してほしい。

頭を下げてセレンティーヌに願い出ると、彼女は静かに「……畏まりました。お話し致します」と応じてくれた。

第三章　真実と忍び寄る闇夜

銀色の髪を持って生まれた赤子は、ボルビアン国で最も高貴な貴族令嬢だった。彼女は生まれながらに王家へ嫁ぐことが定められており、国民は将来の王妃の誕生に沸いた。

そして、セレンティーヌと名付けられた赤子は、予定どおりにひと月先に生まれていた王子の婚約者となった。

二人は、物心つく前から一緒に過ごしてきた。

笑うのも一緒、泣くのも一緒、叱られるのも一緒。

セレンティーヌの隣にはエリオットが、エリオットの隣にはセレンティーヌがいた。

共に遊び、共に学び、お互いを尊重しながら成長していく二人を、周囲は楽しみながら見守っていた。

二人が十歳になった頃、王妃は十歳前後の子供がいる貴族を王宮に招き、子供の交流会を催《もよお》した。

唯一の王位継承者であるエリオットと、婚約者であるセレンティーヌのお披露目会も兼ねた為、子供を持つ親は内心穏やかではなかった。この交流会の結果によって、我が子がエリオットやセレンティーヌと近しい存在になるかもしれないのだ。

しかし、庭園に準備されたお茶会の会場はこれまでにないほど大きく、とても子供だけの為に用意されたものとは思えなかった。

そこで親たちが注目したのは、ボルビアン国が抱えている最大の問題だ。

この国では、年々子供の生まれる数が減少傾向にあった。長年に渡る閉鎖的《へいさてき》な国の風習により、貴族たちは血筋の近しい者同士で結ばれてきたのだ。

そのせいで、子供が生まれにくく、生まれてきても長く生きられないといった問題があった。

国王と王妃の間に子供が一人しかいないのもそれが原因だ。

王家は少子化の問題に頭を抱え、同時に貴族からの反発も受けていた。これまで王家に忠誠《ちゅうせい》を誓い、忠実に仕えてきた宰相のドルート侯爵が定例会議で警鐘《けいしょう》を鳴らしたことは記憶に新しい。

おかげで王宮は、国を開くことに否定的な保守派と、国に開国を求める革新派で対立が目立ってきた。

今回のお茶会は声を上げる双方の貴族を治める一種のパフォーマンスであろう。

交流会という名目の大規模なお見合いの場として、そしてエリオットの側近となる者を選ぶ場として。

子供の将来を考える親にとっては良い伴侶《はんりょ》を見つけたいと思うことは至極当然であり、同時に新たな人脈を作れる絶好の機会でもある。

この時ばかりは我が子の為に、派閥《はばつ》に関係なく必死になる親で溢《あふ》れた。

しかし、大人の思惑とは関係なく、子供は子供で当初の目的通り交流を深めていた。彼らの中には初めて王宮に足を踏み入れた子もいれば、王都自体が初めての子もいた。見るもの全てが新鮮に感じたことだろう。

何より子供達の目を引いたのは、同じ年でありながら自分達とは違う雰囲気を纏《まと》ったエリオットと、その婚約者であるセレンティーヌの存在だった。

二人揃って会場をゆっくり歩きながら挨拶している姿は実に優雅で、感嘆《かんたん》の息が漏れてしまうほど美しかった。

少しでも彼らの記憶に残ることができたらと考えた子もいた筈だ。

けれど、いざ二人を前にするとほとんどの子供達が緊張して挨拶しかできなかった。その光景を、エリオットとセレンティーヌの後ろから見ていた宰相の息子は後に、「皆さん、面白いほど蛇《へび》に睨まれた蛙《かえる》のようでした」と真顔で語っていた。人聞きの悪い冗談である。

だが、緊張で動けなくなった者達が二人の会話を聞いていたら緊張も和らいだことだろう。

「……エリオット、あのお皿のお菓子を見て」

「どうやら菓子職人がまた腕を上げたようだ。あっちの飴細工も凄いよ？」

「まあ、本当だわ。後で私達のところに運んでもらいましょう」

各テーブルを回りながら挨拶をこなしていく二人の目は、用意されたお菓子に常に注がれていた。

決して食い意地が張っているわけじゃない。おまけに空腹というわけでもない。

彼らは職人の作る芸術的なお菓子に浮き立っていたのだ。これればかりは、どこにでもいる普通の子供と変わらなかった。

「周囲に聞かれたら威厳《いげん》を損ないます。そういう話は後にしてください」

目を輝かせてお菓子を見つめるエリオットとセレンティーヌを、後ろで控えていた少年が銀縁の眼鏡を押し上げながら諫《いさ》める。叱られた二人は軽く首を引っ込め、振り返って少年を見た。

ハルミン・ドルート――ドルート侯爵家の嫡子で、宰相の父を持つ。ハルミンは当初、エリオットの話し相手として紹介されたが、今では気心の知れた親友になっていた。

「あら、ハルミンだってさっき、テーブルに載った皿の彫り物に釘付けになっていたわ」

「なかなか目敏《めざと》いですね、セレンティーヌ様」

「褒め言葉として受け取っておくわ」

「張り合わないでくれ、二人とも。ここは議論する場所じゃない」

今にも言い合いを始めそうな婚約者と親友に、エリオットがうんざりした顔で言う。

すると、セレンティーヌとハルミンはエリオットを間に挟んで睨み合った。

「それはハルミンに仰ってください」

「いいえ、セレンティーヌ様に」

どちらも引く気はないようだ。毎回のことだが、二人はよく言い合いをしている。別に仲が悪いわけじゃない。ただ、両者とも負けず嫌いなのだ。

とくに、宰相の道を目指しているハルミンは、現在宰相として働いている父親を誰よりも尊敬しており、自らもその後継者としての自負を抱いていた。

そこへ、これまでにない感性と洞察力《どうさつりょく》を持った同年代の少女——セレンティーヌが現れたのだ。彼女は十歳ながら、多岐《たき》にわたる物事を新たな切り口から分析し、大人顔負けの案を打ち出してきた。それは宰相であるドルート侯爵も舌を巻き、セレンティーヌを褒め称えたほどだ。

以来、ハルミンはセレンティーヌをライバル視するようになったのである。

「君たちの議論を毎回聞かされる僕の身にもなってほしいね」

これまで平和に過ごしてきたのに、ハルミンが加わったことで彼とセレンティーヌが対立するようになり、板挟みになってしまうエリオットは胃を痛めつつあった。

だから、ハルミンにも是非己を諫《いさ》め……宥めてくれる婚約者を作ってほしいと言ったこともあったが、ハルミンの返事は「まだ考えていません」という、取り付く島もない言葉だった。

そしてハルミンに「私が目を光らせていないと、お二人共何をされるか分かりませんので」とはっきり言われ、エリオットとセレンティーヌは肩を竦《すく》めたのだった。

ハルミン、同じく十歳。将来国王と王妃になる二人に仕えるべく、彼らのお目付け役として既に異様な存在感を放っていた。

「エリオット、あちらにお捜しの方達がいらっしゃいますよ」

今回はお茶会ということもあって早々に終わったセレンティーヌとハルミンのやり取りに胸を撫《な》で下ろした時、ハルミンが声を掛けてきた。

「あの赤い髪は間違いないね」

「ええ、行きましょう」

エリオットがセレンティーヌの手を取り、優雅に歩き出す二人の後をハルミンがついていく。彼らが向かった先には料理を口いっぱいに頬張る赤い髪の少年がいた。その隣には少年の婚約者も揃っている。

歩いている途中でセレンティーヌは知り合いに掴まったが、先に行っていいわと視線を送ってきた。その視線を受けてエリオットは目的の少年に声を掛けた。

「君、ちょっといいかな?」

真っ赤に燃えるような派手な髪は、彼がキャスナー伯爵家の血筋であることを主張していた。騎士の家生まれなだけあって、彼も騎士を目指していると聞く。そのせいか、他の少年よりがっしりした体つきで、身長も飛び抜けて高い。おかげで捜す手間が省けた。

ジークレイ・キャスナー。エリオットが挨拶したかったその人だ。

しかし、肝心の本人は突然話しかけてきた王子に驚き、喉に詰まった料理を必死で飲み込もうとしている。隣では小柄で華奢《きゃしゃ》な少女が慌てながらジークレイの背中を擦って介抱していた。ハニーピンクの髪色に灰色の瞳、彼女もまた、少年と会うことになれば必ず挨拶することになるだろうと分かっていた人だ。

ラウレッタ・コンラル。コンラル伯爵家の令嬢で、ジークレイの婚約者だ。思いがけない出来事に驚く二人が落ち着く間もなく、セレンティーヌがやって来た。

それが運命によって引き合わされた彼らの出会いだった。

◇　◇　◇

出会いとなったお茶会から数週間後、オグノア公爵家、銀水晶の宮にある庭園には六人の少年少女が集まっていた。

「公爵家は中立の立場ではあるけれど、私は鎖国か開国か選べと聞かれたら間違いなく開国を選びますわ」

「私は反対です。それでこの国の職人の技術が盗まれでもしたら、大きな損失になりましょう」

「それなら、ボルビアン国の限定商品として希少価値を上げてから売り出すのはどうかしら？　似た商品を作られたところで所詮《しょせん》紛い物。損失より得られる利益のほうが多くなるのではなくて？」

「……希少価値ですか。なるほど、参考に致します」

彼らはガーデンハウスの円卓《えんたく》で顔を合わせ、時には語らい、時には議論し、一人が口を開けば結論が出るまで話し合いは続けられた。

あまりに夢中になって帰宅時間を過ぎてしまうと、帰ってから両親に叱られた。けれど、彼らの足は自然とまた銀水晶の宮に向いてしまうのだ。

唯一王位継承権を持つ王子であるエリオット、その婚約者である公爵令嬢のセレンティーヌ。そんな未来の国王と王妃の元に集まったのは、宰相の息子であるハルミン、そして王室騎士団総長の息子であるジークレイと、彼の婚約者である伯爵令嬢のラウレッタ。そこにセレンティーヌの弟であるユリウスもいた。彼は皆より二歳ほど年下だったが、優秀なだけあって話の輪に加わっても年齢差を感じなかった。日頃から姉に鍛えられているだけある。

「貴族の間では保守派と革新派で揉めごとが増えてきたようだ」

「伝統を重んじるのは大切なことですわ。ですが、ボルビアン国の将来を考えると閉じ籠もってばかりもいられない筈よ」

「君はいつも厳しいことを言う」

「エリオットもハルミンも慎重な姿勢を崩さないのは分かっているわ。私だって急な変化は良くないって思ってる。でも、この国が守ろうとしている技術も歴史も、それを引き継いでいく者がいなくなっては意味がないわ。私達がこれから築き上げていく国を、誰が先へ伝えていくと思っているの?」

その日は水面下で激化してきた派閥《はばつ》争いについて議論になった。

いつもは冷静に発言するセレンティーヌだったが、この日は珍しく熱く語っていた。彼女の視線は常に未来の、その先を見ている。説得力のある彼女の言葉からは、聞かされた通りの光景が浮かんでくるから不思議だ。これには誰も反論できなかった。

エリオットはやれやれと肩を竦《すく》め、降参するように両手を上げた。

「ティヌは千里眼でも持っているみたいだ」

「私でも未来がどうなるかなんて分からないわ」

「そうかな？　君に、もっと先の時代から来たと言われても納得できそうだよ」

なんて冗談だけど、と笑って見せたエリオットは、セレンティーヌの流れる髪を軽く掬って口付けた。未来の国王と王妃が仲睦まじいのは良いことだ。

とても十代やそこらの少年と少女が出す雰囲気ではないけれど。見ているこちらが恥ずかしくなってしまいそうなやり取りに、ジークレイは思わず赤面している。

すると、セレンティーヌは視線を走らせ、悪戯《いたずら》な笑みを浮かべた。

「全て見通せるわけじゃないわ。……ただ、ジークレイがお茶を零《こぼ》す未来だけは分かるわね」

「へ……っ⁉」

目の前で繰り広げられる主張のぶつかり合いに唖然《あぜん》としていたジークレイは、直後に見せられたエリオットとセレンティーヌの甘い空気を前にして思考が追いつかなかったようだ。

口に入れたお茶が溢《あふ》れ、ジークレイの服を汚す。隣に座っていたラウレッタがすぐにハンカチを取り出して、染みが広がる前にジークレイの服を拭いていた。

彼らも幼い頃に婚約者になったと聞いている。二人の領地は隣接しており、古くから深い繋がりがあった。

ジークレイもラウレッタも、エリオットの前であっても自然に過ごしていた。もちろんハルミンも、ユリウスも。

エリオットにとっては、それが何よりも嬉しいことだった。

そんな彼らと同じ場所で語らい、笑っている。

エリオットは円を描くように座っている友の顔を一人ずつ確認していった。視線に気づいたセレンティーヌは首を傾げ、目だけで訊ねてきた。直接言われなくても彼女の気持ちが手に取るように分かる。

エリオットはセレンティーヌの片手を握り締め、小さく頷いてから「皆に聞いてほしい」と口を開いた。

「私とセレンティーヌは我がボルビアン国の為に、この国がより良い未来を迎える為に尽力すると誓おう。時代の流れが押し寄せている今、私達の政権時はこれまで以上に厳しいものになるかもしれない。だからこそ、信頼できる君達には私達を守る剣と盾になってほしい――」

これまでの時代で、これほど優秀で信頼できる仲間が集まったことがあっただろうか。

エリオットは心から彼らを信頼していた。

だからこそ、王位を継ぐ者として初めて彼らに誓いを述べ、共に歩むことを願ったのだ。

セレンティーヌは力の入ったエリオットの手に、もう片方の手を添え「私からもお願いしますわ」と微笑んだ。エリオットはまだ成人も迎えていない子供だ。

けれど、唯一の王位継承者として語った言葉には重みがあった。

エリオットが揺るぎない眼差しで見つめると、和《なご》やかだった空気は一転した。

ハルミン、ジークレイ、ユリウスは椅子から立ち上がって地面に片膝をつき、左胸に右手を添えて頭を下げた。ラウレッタも背筋を伸ばしてゆっくり頷く。

決して子供同士が遊び半分で行った口約束ではない。

彼らは一人、一人が強い意志を持ち、次代の国王に忠誠《ちゅうせい》を誓ったのだ。

その時は、まだ誰も自分達の間に亀裂《きれつ》が走るとは思っていなかった。

◇　◇　◇

学園では、初日から歓声に近い声が上がった。

国唯一の王位継承権を持つエリオット、側近と護衛のようについてくるハルミンとジークレイ、そしてエリオットの婚約者であるセレンティーヌと、ジークレイの婚約者であるラウレッタが揃って登校してくれば、誰だって浮立ってしまう。

誓いを交わしたことは秘密だが、彼らの特別な関係は既に多くの貴族の間で噂になっていた。

「あら、私だけ教室が違いますわね」

「大丈夫ですよ、セレンティーヌ様！　私が一緒です！」

学園の校舎に入り、セレンティーヌが手元に配られた書類に目を通して言うと、ジークレイの後ろからラウレッタがハニーピンクの髪を揺らして顔を覗かせた。

「ラウレッタと一緒なのね、それなら安心だわ」

「いいか、ラウ。セレンティーヌ様のことは任せたぞ。何かあればすぐに知らせてくれ」

「任せて、ジーク。エリオット様以外、誰にも指一本触れさせないわ！」

「それは頼もしいな」

小さい体を反らして威張るように宣言したラウレッタに、エリオットは肩を揺らして苦笑した。ジークレイは心配そうにしていたが、そこには婚約者への愛が溢《あふ》れていた。

仲の良さは、エリオットとセレンティーヌの二人に負けず劣らず。彼らだけの見えない絆があった。

「それでは、参りましょう。エリオットは新入生の代表挨拶を頑張ってくださいませ」

「どうして君はそう意地が悪いんだ。さりげなくプレッシャーを与えないでくれ」

「それを撥《は》ね除《の》けてこその王子では？」

「まったく。君に見られていると思うとよけい緊張するよ」

「ふふ、光栄ね」

肩を竦《すく》めたエリオットは、セレンティーヌを軽く抱き締めてしばしの別れを惜しんだ。

「ジーク、私達もする？」

「……いや、やめておこう。廊下のど真ん中で抱擁《ほうよう》できるのはこの二人だけだ」

「邪魔なんですがね」

熱い抱擁《ほうよう》を交わすエリオットとセレンティーヌに、周囲から悲鳴に似た声が聞こえてきた。それらを横目に、エリオットはセレンティーヌの肩越しに口の端を持ち上げた。

「そういうハルだって、本当は羨ましいんだろ？　そろそろ婚約者を見つけたらどうだ？」

「遠慮します。私にはまず、宰相になるという目標がありますから」

眼鏡の位置を直して咳払《せきばら》いを一つしたハルミンは、なかなか婚約者から離れようとしないエリオットの肩を叩いた。

彼の場合は宰相というより、将来の国王と王妃のお目付け役で忙しそうだ、とジークレイとラウレッタは顔を見合わせて笑った。

セレンティーヌはエリオットと離れ、ラウレッタと共にこれから学ぶ教室に入っていった。初日は何事もなく、実に平和で賑《にぎ》やかな一日となった。

ところが、学園に通うようになって少しずつ彼らに変化が訪れていった。

別の教室になったエリオット達が一人の男爵令嬢と出会ったことで、セレンティーヌとエリオットの間には見えない溝ができていったのだ。

◆
◆
◆

——エリオット殿下とセレンティーヌ様はどうしてしまったのかしら？

そう噂されるようになってから、平静を保っていたセレンティーヌの顔には疲労の色が浮かぶようになった。学園に通うことで様々な人と出会い、これまでとは違う付き合いを見つけることはあるだろう。

だが、エリオットのそれは誰の目から見ても逸脱《いつだつ》していた。

婚約者がいるにもかかわらず、一人の女性と距離感を忘れて過ごしているなど、あってはならないことだった。偶然、目にしてしまったエリオットと男爵令嬢の様子はまるで恋人のそれで、セレンティーヌはエリオットに気をつけるよう進言したが厳しい口調で否定された。

国王や王妃にも伝えたが、エリオットは問題ないと口にするばかりで男爵令嬢の近くを離れようとはしなかった。

それればかりではない。エリオットの他にも、ハルミンやジークレイまで彼女の虜《とりこ》になってしまったかのように後をついて回っていた。

最初は、何かの間違いだと思った。

けれど、ラウレッタがジークレイに理由を訊ねても突き放されたようだ。そんなことは今まで一度もなかったという。

突然の変化に困惑《こんわく》していると、セレンティーヌの元に噂の男爵令嬢がやって来た。

「エリオット殿下は貴方が婚約者であることに疲労を感じております。どうか、解放してあげてくださいっ」

両手を組んで訴えてきた彼女に、セレンティーヌは困り果てた。エリオットから一度もそんなことは聞かされていない。それとも彼女にはそう言っているのだろうか。

「それよりも、婚約者ではない貴方がどうしてエリオットの傍にいるのかしら？　貴族令嬢として少々はしたないのではなくて？」

周りから出ていた苦言を敢《あ》えて告げると、セレンティーヌの周囲にいた女性達からも同じ声が上がった。

すると、彼女は顔を真っ赤にして走り去ってしまった。

翌日、セレンティーヌはエリオットに呼び出されてなぜか叱られた。

どうやら男爵令嬢はセレンティーヌの言葉を忠告ではなく、嫌がらせの一つと捉えたようだ。虐《いじ》めたつもりはないのに、虐《いじ》めとして捉えられ、エリオットの判断でセレンティーヌの王妃教育は倍の時間が追加された。

学園で学び、王宮でも学び、体を休める時間などなくなっていた。

セレンティーヌの疲弊はピークに達し、両親とラウレッタ以外誰にも告げず学園から離れることにした。

学園に通わなくなったセレンティーヌは、三ヶ月ほど領地で療養し、卒業までの時間をネオシィスト王国で過ごすことにした。本当なら他国で長期間過ごすことは禁じられていたが、王妃が特別に許可を出してくれた。息子の突然の変化に頭を悩ませ、セレンティーヌに対して一番心を砕いてくれた人だから。

隣国であるネオシィスト王国は、一度だけエリオットと招待されたことがあった。

その時は、王太子と王太子妃の結婚式だった。王国の王太子夫妻はどちらも気さくで、何かあれば頼ってほしいと言ってくれた。それから王太子妃とは定期的に手紙のやり取りをして、お互い情報を交換したり、同じ立場から愚痴《ぐち》を零《こぼ》すこともあった。もし姉がいたら、こんな感じなのだろうと思えるほど良い関係を築いていた。

王国に身を寄せると、王太子夫妻は温かく迎え入れてくれ、セレンティーヌはしばらく学園での出来事を忘れて勉学や趣味に没頭した。

ただ、王国にいる間、エリオットから便りが届くことはなかった。弟のユリウスからも連絡はなく、セレンティーヌが国からいなくなっていることさえ気づいていないのかもしれない。

あえて伝えなかったとはいえ、セレンティーヌの居場所を調べることはそう難しくはない。便りがないということは、自分に興味がないと知らされるようなものだった。

ボルビアン国に戻ったら少しは状況が良くなっているのだろうか。セレンティーヌは男爵令嬢と楽しそうに喋るエリオットの顔が浮かんできて溜め息をついた。

思い出すのも辛く、自身からもボルビアン国宛ての手紙は一切送らなかった。

こちらから動いていたら運命は変わっていただろうか。

学園の卒業式が近づいてきて国に戻ったセレンティーヌは、変わり果てた周囲の様子に愕然《がくぜん》とした。エリオットからパーティー用のドレスは届かず、エスコートの申し出もなかった。両親もどこか余所余所しく、ユリウスはまるで親の敵《かたき》を見るような目で睨んできた。

そして、国王と王妃も参加する卒業式のパーティーで事件は起こった。

「セレンティーヌ！　君は私の婚約者でありながら、私と仲良くするジュリエナに嫉妬《しっと》し、彼女を虐《いじ》め、暴漢《ぼうかん》までけしかけて命を奪おうとした！　そんな君をこのまま私の婚約者にしておくことはできない！　今ここで君との婚約を破棄する！」

男爵令嬢を背に守るエリオットの口から飛び出してきたのは、身に覚えのない虐《いじ》めの数々と事件だった。

彼女を襲わせる為に暴漢《ぼうかん》を雇うなんて、隣国にいたセレンティーヌには無理な話だ。

しかし、セレンティーヌがどれだけ無実を訴えても、恐怖と怒りに満ちた視線がなくなることはなかった。

……全てが手遅れだった。

セレンティーヌはその中でも心配そうに見つめてくる王妃に視線を合わせ、首を振った。

同じく泣き出しそうに自分を見てくるラウレッタを見つけ、駆け寄って来ないように目で伝えた。

王座から立ち上がった国王は、セレンティーヌの罪状を読み上げて裁きを下した。


——国外追放。


国で最も重い判決となった。

生きていようが、死んでいようが、この国には関係ないと見放されたのだ。

そして、公爵令嬢であり王子の婚約者であった彼女は身分を剥奪《はくだつ》され、悪女と罵られてボルビアン国から去っていった。

それが、五年前の真実だ。

◆　◆　◆

「追放された私は屋敷《やしき》に戻されることなく汚れた服に着替えさせられ、国境で手続きが済むと身一つで追い出されました。国境付近では盗賊や物取りが多く、私も襲われました。そこに偶然通りかかったネオシィスト王国の商人と、商人の雇った傭兵達《ようへい》に助けられ、私はこの国に無事辿り着くことができたのです」

エリオットの訴えに、セレンティーヌは正直に話してくれた。

本来なら拒否されてもおかしくないのに、彼女は包み隠さず教えてくれた。

「……私は、君が学園に通っていなかったことも、国からいなくなっていたことも知らなかった」

「お疑いでしたらこの国の王太子様と王太子妃様が証言して――」

「いや、その必要はない……」

王国の王太子夫妻が証人とあっては疑う余地もない。

それ以前に、セレンティーヌが学園に通っていなかったことは調べがついていた。エリオットの隣にいたハルミンは懐から書類を出してセレンティーヌの前に差し出した。

「五年前ですが、確かに貴方がしたことは忠告だけです。他の者にも訊ねましたが虐《いじ》めていた証拠はありませんでした。皆、ジュリエナの言葉を鵜呑《うの》みにして勝手な証言者となってしまったのです」

セレンティーヌは書類を見下ろすだけで、触れることはなかった。エリオットはテーブルの下できつく拳を握り締めた。

「ジュリエナを襲った暴漢《ぼうかん》ですが、追放されたところで殺されたそうです」

「……死んだのですか」

「ええ。物取りの犯行だったと聞いています」

ハルミンから話を聞かされて、セレンティーヌは表情一つ変えず「そうですか」と口にした。

彼女は本当に何も知らなかったのだ、と改めて痛感した。

灰色がかった青い瞳は揺れることなく、先程とは違って酷く落ち着いている。

「でも、なぜ今になって……」

顎を持ち上げたセレンティーヌは目の前に現れた四人を見渡し、肝心なことを訊ねてきた。

彼らもまた、避けては通れない話だと分かっていた。

最初に口を開いたのはエリオットだった。彼が真実を述べない限り、他の三人も話せないだろう。

エリオットはおもむろに左腕を持ち上げ、袖を捲《めく》り上げた。

「このブレスレットは、ネオシィスト王国の魔導師が作った魔道具だ。どんな呪いや毒も防ぐことができる」

「……呪いと、毒を」

エリオットの手首には、銀色に光るブレスレットがはめられていた。

この国では当たり前に見る魔道具の一つだ。それを閉鎖的《へいさてき》なボルビアン国の王太子が身につけていることに、セレンティーヌは僅かに驚いたようだった。

その様子を見ていたハルミンは眼鏡を押し上げ、エリオットの言葉を引き継ぐように口を開いた。

「ええ。これによって私たちは長年掛けられていた呪いから解放されることができたのです」

「呪いに掛かっていた……？」

「私たちは王太子妃――いえ、ジュリエナから、魅了という呪いを掛けられていたのです」

「魅了、ですか？」

頷いたハルミンは、ここ最近の出来事をセレンティーヌに話して聞かせた。彼女は魅了という呪いと、エリオットをはじめ多くの男性達が操られていた事実にしばらく言葉を失っていた。

「……セレンティーヌ、私は君に酷い仕打ちをした。謝って許されることではない。だが、どうか謝罪させてほしい」

エリオットはセレンティーヌを真っ直ぐに見つめた。彼女の顔を瞳に映すのは、本当に久しぶりだ。

生まれた時からセレンティーヌの婚約者であったことを王子の義務だと思ったことは一度もない。傍にいて苦痛を覚えたこともない。呪いさえなければ、今頃はセレンティーヌと結婚して二人に似た子供が生まれていただろう。母親であった王妃が亡くなることも、父親である国王が床に臥《ふ》せることもなく、国中から祝福される幸せな家庭が築けていた筈だ。

なのに、今の自分達には修復できない亀裂《きれつ》が生まれてしまっている。

エリオットが謝罪を口にすると、セレンティーヌは額を押さえて上体をふらつかせた。

「ティヌ……！」

そのまま傾いて椅子から転げ落ちそうになる彼女を、咄嗟《とっさ》に手を伸ばして支えたのはユリウスだった。エリオットやハルミンも慌てて立ち上がったが、セレンティーヌは「大丈夫です……」と口にした。

「……ユリウス、様も……ありがとうございます」

セレンティーヌがユリウスの姉であった時は、もちろん敬称《けいしょう》で呼ぶことはなかった。

けれど、身分を剥奪《はくだつ》された彼女とユリウスは、血の繋がりはあっても姉弟の関係ではなくなっている。

貴族と平民。

現状の立場を貫くセレンティーヌに、ユリウスは唇を噛んで己の感情を押し殺しているようだった。椅子に座り直したセレンティーヌは、エリオットを真っ直ぐ見つめて言った。

「謝罪は受け入れます。ですが、許すことは難しいです……」

組んだ両手をテーブルの上に置き、祈るように口にする。王太子に向けられた言葉としては不敬罪に問われてもおかしくない。

それでも、セレンティーヌは自分の気持ちに嘘をつかないことを選んだのだろう。

「ああ、それで十分だ。君の身に起こった事を考えれば、到底許すことはできないだろう」

「……申し訳ありません」

「謝らないでくれ。謝るのは私の方だ。ずっと支えていくと約束したのに、私は自分が悪魔にでもなったようだ。君に一生償いきれない傷を負わせてしまった。本当にすまなかった……」

エリオットは顔を歪め、ゆっくりと頭を下げた。

テーブルに額がつきそうなほど顔を下げるエリオットに、ハルミンとジークレイとユリウスもまた頭を下げた。

「だが、これだけは分かってほしい。私は君とずっと一緒に生きたかった……。生きて、……二人で、同じ景色を見たかった……！」

「……エリオット様」

「私の傍で、そうやって名前を呼んでほしかった……」

頭を下げたまま声を震わせたエリオットは、セレンティーヌに「顔を上げてほしい」と言われるまで顔を上げなかった。

今から取り戻そうとしても、失ったものが大きすぎた。

「王妃様が亡くなったと聞きました……」

「母上は最後まで君の身を案じていた」

「そう、ですか」

王妃の話になると、今度はセレンティーヌの声が震えた。血の繋がりはなくても、彼女達はどこから見ても仲の良い母娘だった。エリオットは込み上げる思いに一度目を閉じて、息を深く吸ってから吐いた。

「君の潔白は民衆に知らせるつもりだ。剥奪《はくだつ》した身分も戻し、できる限りの支援をしたいと思っている」

「……王太子妃様はどうなるのですか？」

「彼女の処分についてはまだ決まっていない。私の子を産んでいるのも事実だ。だが、二度と王太子妃として表舞台に出ることはないだろう」

先程とは違って冷たく言い放つエリオットに、他の四人は息を呑んだ。緑色の瞳が激しい怒りで満ちていた。

視線を逸らすセレンティーヌに、エリオットは「すまない」と言ってから訊ねた。

「……セレンティーヌ、ボルビアン国に戻って来る気はあるか？　私の元でなくてもいい。あの国に帰ってくるつもりはないか？」

「私は……」

生まれた故郷に。一度は深く愛した国に。

セレンティーヌが視線をさ迷わせると、突然店の入口から扉の開く音がした。

カランカラン。

扉が開いて乾いた音が響き渡る。クローズされた店にわざわざ入ってくる客はいない。護衛騎士であるジークレイは反射的にエリオットを背中に庇《かば》い、外套《がいとう》の中にある剣に触れた。

重苦しかった空気が一転して張り詰める。

「待ってください！」

その緊張を破ったのはセレンティーヌだった。

彼女は椅子から立ち上がって警戒するジークレイを止めた。すると、店の方から幼い声と軽い足音が聞こえてきた。

「ママー！　ママどこー？　ミレーヌかえったよー」

小さな女の子の声がした。セレンティーヌは急いで店のほうに駆けていった。

「ミレーヌ、ここよ。お帰りなさい！」

「ママー！」

セレンティーヌの柔らかい声が、奥にいるエリオット達にも聞こえてきた。そして女の子の嬉しそうな声も。

「いつも面倒を見てくださってありがとうございます」

「いいのよ！　家にも五人の子供がいるんだから、ミレーヌちゃんが増えたとこで変わらないよ！」

女の子の他に、もう一人女性がいるようだ。セレンティーヌは彼女にお礼を伝えていた。

その時、エリオット達のいる部屋に女の子が入ってきた。

「おきゃく、さん……？」

現れた少女は、褐色《かっしょく》の肌に黄金色の瞳を持っていた。そこはセレンティーヌとは違っていたが、少女の髪はオグノア公爵家の証である銀色だった。加えて、整った顔立ちは彼女の幼い頃と重なって見えた。

ハルミンの詳しい報告書によって、セレンティーヌに娘がいることも、結婚して夫がいることも知っていた。だが、実際目の前にすると動揺《どうよう》が走る。セレンティーヌと他の男性との間に生まれてきた子供が、そこに立っている。愛らしい瞳をこちらに向けて。

「――こんにちは、小さなお姫様」

エリオットは前を塞ぐジークレイの腕に触れ、剣から手を離すよう指示すると、立ち上がって女の子の前に片膝をついた。息子と同じくらいの年だろうか。ピンクのワンピースが良く似合っていた。

「……かみ、きらきら！」

「私の髪かい？」

「そう！　おうじさまみたい！」

女の子は金色の目を輝かせてエリオットを見つめてきた。

手を差し出すと、女の子は人差し指を掴み楽しそうに上下に振ってくれた。本物の王子様だと知ったらどんな反応を返してくれるだろうか。無邪気な笑顔に、一瞬浮かんだ複雑な気持ちも消えていく。

「もう、ミレーヌったら。バーバラおばさんにご挨拶しないとダメじゃない」

「あ、ママ！」

挨拶を終えたセレンティーヌは、エリオット達のところに戻ってきた。

ミレーヌ、と呼ばれた女の子はエリオットの指を離し、セレンティーヌの足元に抱きついた。

「驚かせてしまってすみません……」

「いや。それより、君の小さい時にそっくりだ」

エリオットは立ち上がり、娘を抱き上げるセレンティーヌに近づいた。並んで見せられると、よけいそっくりなのが分かる。思わず笑みが溢《こぼ》れてしまう程に。

一方、ミレーヌは部屋にいた四人の男性を見渡し、視線を止めて指を差した。

「あのひと、ママとおなじ！　かみも、ママとミレーヌといっしょだよ！」

「……っ」

息を呑んだのはユリウスだった。

髪色が同じなのは彼らが血の繋がった姉弟だからだ。立場さえなかったら、ユリウスは女の子に自分は叔父だと名乗り出たかっただろう。彼の歯痒さが痛いほど伝わってきた。

「ええ、そうね。同じね」

セレンティーヌは娘の髪を撫《な》で、優しく微笑んだ。エリオットの記憶にはない、母親の顔をしていた。セレンティーヌはミレーヌを抱いたまま、エリオットに視線を向けて口を開いた。

「先程の話ですが、私には既にここでの生活があります。夫と子供がいますし、あの国には帰りません……」

「……そうか」

「申し訳ありません。私はこれからもセレンティーヌではなく、平民のセレスとして生きていきたいと思います」

セレンティーヌの夫は、追放された時に助けてくれた傭兵《ようへい》の一人だった。彼女にとって、窮地《きゅうち》を救ってくれた彼こそ本物の王子だったのだろう。

「謝らなくていい、セレス……。私は君の気持ちを尊重したい。ただ、償いたいという気持ちもある」

「頑固なのは変わらないのですね。それなら一年に数回、店の物を購入してください」

「それなら全て……」

「全部買い取られてしまったら、他のお客様が買えなくなります。……ハンカチ一枚でいいのです」

「……分かった、そうしよう」

短くはあったが、懐かしい言葉の投げ合いをした気がする。

エリオットは口元を僅かに緩め、片手を持ち上げると、傍にいたハルミンが同意するように頷いた。閉鎖的《へいさてき》なボルビアン国とやり取りができるのは、確かに数年に数えるぐらいだ。

——嗚呼、このまま娘を抱えるセレンティーヌごと連れ去ることができたら、どんなに良いだろうか。一から始められなくても、また傍で守ることができたら。あの悪夢から抜け出せるだろうか。

そんな資格がないことぐらい知っている。連れ出したところでセレンティーヌが喜ぶわけがないと分かっていた。

エリオットは己の感情を押し殺し、セレンティーヌの前に手を差し出した。

「……それではよろしく頼む、セレス」

「はい。こちらこそ、よろしくお願いします」

今度は婚約者ではなく、契約者として。二人は握手を交わした。

彼女が最後に見せた笑顔に、胸が痛いほど締め付けられる。子供の頃はいつも傍で見ていたのに。

なぜ、その笑顔を守れなかったのか。

誰よりも愛していたのに……

◇◇◇

ネオシィスト王国の王都から離れた馬車は時折左右に揺れながら山に向かって走っていた。

エリオットは、馬車の窓から過ぎていく景色を眺めていた。その手には、ボルビアン国の紋章《もんしょう》が刺繍《ししゅう》されたハンカチが握られている。

ボルビアン国に戻る使節団に対し、ネオシィスト王国の王太子から帰りの乗り物を提供する申し出があったが、彼らはそれを断った。

そして、断って良かったと今になって心底思う。

エリオットとハルミンが並んで座る前に、ジークレイとユリウスが向かい合うようにして座っていた。

しかし、誰も口を開こうとはしない。ユリウスだけは泣くのを堪えきれず、俯いて嗚咽《おえつ》を漏らしていた。そんな彼に、慰めの言葉一つ掛けてやることもできなかった。

銀水晶の宮で大切に育てられた公爵令嬢の現状を目の当たりにして、とても平常ではいられなかった。彼女の前では取り繕っていた表情も、今はない。

込み上げてくる感情は様々で、どれを優先していいのか分からなくなっていた。

自国へ帰る前に、考える時間が必要だった。

彼らはセレンティーヌの元から去る前、彼女から受け取ったものがあった。

「私を追放したボルビアン国を憎もうと、憎んで忘れてしまおうとしたのですが……」

セレンティーヌは苦笑しつつ、店の奥から小さな木箱を持ってきてエリオットに渡した。エリオットが蓋を開けると、まずボルビアン国の紋章《もんしょう》が目に入った。それが刺繍《ししゅう》の入ったハンカチだと分かると、エリオットは驚いてセレンティーヌを見た。

「契約の証として、貰ってください」

「……ああ、ありがとう。大事にしよう」

——今度こそ。

エリオットは木箱からハンカチを取り出し、胸元で握り締めた。それを見たセレンティーヌは満足そうに微笑んだ。

「ジークレイ様」

「はっ！　な、なんでしょう……」

「ラウレッタ様はお元気でしょうか？」

突然話し掛けられたジークレイは、背中をピンッと伸ばしてセレンティーヌに体を向けた。平民になったとはいえ、魅了が解けた今は彼女が公爵令嬢だった時の記憶のほうが強い。

何より、騎士として守れなかった罪悪感がある。

ジークレイは「あ」と声を出したものの、言葉が出てこなかった。それを見兼ねたエリオットが助け船を出した。

「ジークレイとラウレッタは結婚して一緒にいる」

「そうですか。それは良かったです。私が追放された後、彼女のことがずっと心配だったのです。私と仲良くしていたことで、ラウレッタ様への当たりも強かったですから」

「……」

自分が追放された後も親友を心配していたというセレンティーヌに、声を掛けられる者はいなかった。できなかったのだ。

「……ラウレッタ様とジークレイ様が一緒になられて安心しました。よろしければ、これを彼女に渡してくださいませんか？」

「これは……」

「真珠《しんじゅ》をあしらったコサージュです。ラウレッタ様を思って作りました」

いつ渡せるか、本当に渡せるかも分からないのに。セレンティーヌの差し出してきた両手には、ピンクのレースに小さな粒の真珠《しんじゅ》がちりばめられたコサージュが乗っていた。実にラウレッタらしいデザインだと思った。

ジークレイは壊さないように恐る恐る受け取り「……ラウレッタに、渡します」と頭を下げた。

「あのね！　わたし、ミレーヌってゆーの」

セレンティーヌがエリオットとジークレイに話している横で、ミレーヌがユリウスにべったりとくっついていた。

母親に似た顔立ちと、同じ髪色と瞳。小さくても他人とは違う何かを感じ取ったのかもしれない。ユリウスはミレーヌの前にしゃがみ込んで相手をしていた。

「……私は、ユリウスです」

「ゆーりうす？」

「ユリウス。ミレーヌはいくつですか？」

「んーと、みっつ！」

年齢を訊ねられて得意気に三本の指を立てるミレーヌに、ユリウスは口元を緩めた。彼にとっては可愛い姪っ子だ。

「ミレーヌ。お兄さんに、ミレーヌの宝物をあげたらどうかしら？」

「あげても、いいの？」

「いいわよ。ずっと誰かに渡したかったんでしょ？」

ジークレイにコサージュを託したセレンティーヌは、ユリウスとミレーヌの元にやって来てそう言った。すると、ミレーヌはぱぁっと顔を輝かせ、足元にある扉を開いて、小袋を掴むと急いでユリウスの前に戻ってきた。

「ええっとね、これね！　ミレーヌがうまれたときにもらった、くつした！　ゆりうしゅにあげるっ！」

「これを、私に？」

「ミレーヌ、おおきくなったからもうはけないの！」

小さな手から差し出されたのは、掌にすっぽり収まるほど小さな靴下だった。

ボルビアン国では生まれたばかりの赤子《あかご》に靴下を贈る風習《ふうしゅう》がある。両親はもちろん、祖父母や兄弟姉妹からもプレゼントされて、これから歩いていく足元が暗く冷たいものになりませんように、という願いが込められている。

それを受け取ったユリウスは一瞬困惑《こんわく》したが、セレンティーヌは優しい笑みを浮かべて「ユリウス様のご両親に」と、声を出さずに唇だけを動かして伝えた。

セレンティーヌの両親は領地に籠もり、追放された娘が無事なことも、子供がいることも当然知らない。冤罪《えんざい》と周知した後に渡せば、きっと安心するだろう。

「……あね、っ、セレス様のお気遣いに、感謝致します……っ」

「どうしたの、ゆりうしゅ？　どっか、いたい？」

靴下を握り締めて泣くのを堪えるユリウスに、ミレーヌは心配そうに首を傾げた。

「違うよ……、君の贈り物が嬉しくて」

「ほんと!?」

「本当だよ」

ユリウスが笑顔を見せると、ミレーヌは彼の腕に飛びついて喜んだ。

何もなかったら、あの事件がなかったら、ずっと見ていられたはずの光景だ。

「セレンティーヌ様……いえ、セレス様」

仲良くするユリウスと娘の姿を眺めていると、セレンティーヌにハルミンが近寄った。

「私はこちらを買わせていただきます」

そう言って、ハルミンは刺繍《ししゅう》の入った白いハンカチをセレンティーヌに差し出し、それから胸ポケットに入れた。そして一枚の金貨を出してくる。きちんとネオシィスト王国で使える金貨だ。

「……多いです」

「他の支払いも入っております」

それでも多すぎると言いたげなセレンティーヌだったが、ハルミンから金貨を受け取った。

「これは眼鏡拭きに使わせていただきます」

「とても素敵な眼鏡をされていますね」

「ええ、父上の形見です」

流石にハルミンの両親のことまでは知らなかったのだろう、セレンティーヌの瞳が揺らいだ。彼女がボルビアン国から離れている間に、随分変わってしまっている。

セレンティーヌはハルミンから受け取った金貨を両手で握り締めた。

「……ドルート侯爵、様は」

「両親とも事故で三年前に他界しました。今は私が侯爵を継いでおります」

「そうですか……。お悔やみを」

「ありがとうございます」

眼鏡を押し上げたハルミンは崩れそうになる表情をこらえ、エリオットに視線を向けて軽く頷いた。

「……長居してしまったようだ。世話になったな……セレス」

「いいえ。エリオット様達もどうかお元気で」

エリオット達の後に、ミレーヌの手を引いたセレンティーヌが続いた。

話したいことはまだある。謝っても謝りきれないことが沢山ある。

けれど、円卓《えんたく》で誓いを交わしたあの六人はもういない。

エリオットは伝えきれていない思いに唇を噛んで耐え、セレンティーヌと別れた。辛うじて繋がりはできたが、もう一度会うことは難しいだろう。

セレンティーヌから離れたところで、後ろから「セレスッ！」と叫ぶ男の声が聞こえた。

反射的に弾かれたように振り返ると、褐色《かっしょく》の肌の男がセレンティーヌと娘に抱きついていた。傭《よう》兵《へい》らしい格好とセレンティーヌの反応から、彼が夫なのだと分かった。

「彼が……」

隣にいたユリウスがフードを軽く持ち上げて、義理の兄に当たる男性を探るように見つめていた。

「どうかしたか？」

「いえ、彼に似た者を最近目にしたもので。ただ、ネオシィスト王国ではよくある色なので勘違いかもしれません」

確かにボルビアン国にはない色だ。

珍しいと思うのと同時に、愛する妻と娘に囲まれて幸せそうにする彼が羨ましかった。

エリオットはフードを引き下げて、同じく足を止めていた三人を促して歩き出した。

◇　◇　◇

ネオシィスト王国を出発して数日が過ぎた頃、馬車はボルビアン国の国境を越えた。

エリオット一行はその日の夜を国境の砦で過ごすことになった。

「エリオット殿下、お願いがありますっ！」

その日の夜。普段なら呼び捨てにしてくるジークレイが、改まってエリオットに「殿下」をつけて呼び、片膝をついて頭を下げてきた。

「どうした、ジーク」

「どうか、俺を先に王都へ行かせてください……！」

「何を言っているんですか。貴方はエリオット様の護衛騎士なんですよ」

先に帰らせてくれと願い出てきたジークレイに、ハルミンは呆れて額を押さえた。

護衛対象であるエリオットから離れては、職務放棄《しょくむほうき》と捉えられても仕方ない。それでも彼は、エリオットより優先したいことがあったのだ。

「待て、ハルミン。護衛の騎士なら砦から補充すれば済む。一人減ったところで問題はない。ジークレイを行かせてあげてくれ」

「エリオット……！」

「外は暗い。気をつけて行くんだぞ」

「はっ！　感謝致します！」

ジークレイの前に進み出て、彼の肩に手を乗せる。ジークレイは一度深く頭を下げた後、立ち上がって走り出していた。

彼はセレンティーヌからラウレッタのためのコサージュを受け取ってから、ずっと落ち着かずにいたのだ。結婚したとは聞いていたが、一緒になってからもジークレイの口からラウレッタの名前が出てきたことはなかった。

彼らの間にも亀裂《きれつ》が走っているのだとしたら、手遅れになる前に行かせてやりたい。

一人になったエリオットは、ボルビアン国に続く山道を見つめて、静かに瞼《まぶた》を閉じた。

目の前に広がる暗闇が足元まで迫ってくる気がしてならなかった……

◆　◆　◆

細かな装飾と彫刻《ちょうこく》が施された赤い宝石箱を手に取り、ネオシィスト王国の王太子——クロノス・フォン・ネオシィストは感嘆《かんたん》の声を漏らした。

応接間のテーブルには、他にも香水入れや宝箱など、隣国――ボルビアン国から献上《けんじょう》された品々が所狭しと並べられていた。

「やはり職人が集まる国だな」

「左様ですね。このグラス、持ち手の細工が素敵ですわ」

ソファーに座って一つひとつ手に取って眺めていた王太子妃――シャロル・レティーナ・ネオシィストは、隣に座る夫にグラスを見せた。

クロノスは口の端を持ち上げ、手を伸ばしてシャロルの持つグラスではなく、彼女の黒髪を指先に絡めた。

「全て君のものだ、好きにするといい」

「自分は他のものを手に入れるから……？」

クロノスが指に絡めた黒髪に口付けるのを見て、シャロルはにっこり微笑んだ。彼女に隠し事はできない。クロノスは観念したように両手を挙げて肩を竦《すく》めた。

「わたくしの弟を働かせ過ぎているのではなくて？」

「そう言うな。これもヤツのことを考えてだ。セレンティーヌ……いや、セレスの知識は我が国に大きな利益をもたらす。君の弟もセレスも貴重な存在だ。平民のままでいては厄介な相手に狙われかねない。君の弟には功績に見合う爵位《しゃくい》を与えたいんだ」

「まあ、貴方以上に厄介な相手などいるのかしら」

呆れた様子で嘆息したシャロルは、手にしていたグラスを置いて、今度は青い宝石箱を持ち上げた。

ボルビアン国は周辺の国々から、時間の止まった国とも呼ばれている。閉鎖的《へいさてき》が故に他国の発展した技術は取り入れず、職人一人ひとりが自身の作品に力を注いでいる。ボルビアン国で作られる作品はどれも素晴らしいが、それらはほとんど他国に出回ることはない。

「……いるさ。たった一人で一つの国を転覆させてしまう女が」

クロノスは意味ありげな表情でシャロルに笑いかけた。

「そういえばボルビアン国の王太子が使節団に紛れ込んでいたとか」

「呪いが解けて昔の婚約者に会いに来たんだろう。無理に連れて行くならこちらも動いたが」

「今さら謝罪されましてもねぇ」

クスクスと笑ったシャロルは、宝石箱の蓋を開いて中の状態と側面の具合を確かめた。

「セレスは元婚約者の謝罪を聞いて、小さな契約を結んだらしい」

「彼女は優しいですから」

「ふむ。これで王太子は消せなくなったわけだ。私もセレスを悲しませたくはない」

「では、どうなさるのかしら？」

クロノスはシャロルの持っていた宝石箱を受け取り、強度のある外側をノックするように叩いた。

「ボルビアン国は山に囲まれているだけでなく、冬季になれば深い雪に閉ざされ攻め入るのは難しい。だが――」

宝石箱の蓋を開いて上質な布の敷かれた中身を見下ろし、クロノスは右手を翳《かざ》した。

刹那《せつな》、赤い炎が箱の中から燃え広がった。

「内側からの攻撃には酷く脆い。いとも容易《たやす》く崩れ落ちる」

「恐い方」

「なぁに、私が何かしなくても最初から決まっていたことだ」

たった一人の王位継承者を思い、クロノスは口元を歪めた。

「ボルビアン国は放っておいてもいずれ滅びる。だが、このクロノスの手を取れば地図から消えることはあるまい」

第四章　崩れ落ちる乙女の世界

ボルビアン国に戻ってくると、王宮内は変わっていた。

床に臥《ふ》していた国王が復帰したせいもあるだろう。

だが、それだけではない。

エリオットに息子が産まれてから一段と賑《にぎ》やかで明るかった王宮が、今は殺伐としていた。何より頻繁《ひんぱん》に出入りしていた貴族達がいなくなったのだ。

従者《じゅうしゃ》の話によれば、国王の命によって貴族達に毒と呪いを防ぐ魔道具の着用が義務付けられると、彼らは夢から醒めた様子でジュリエナだけではなく、王宮から離れていったのだと言う。

多くの貴族が、追放された公爵令嬢の身を案じる王妃に心無い言葉を投げつけ、嘲笑《あざわら》った。王妃が亡くなった時も、天罰だと口にした者も少なくない。その大半は、王太子妃となったジュリエナを支持していた者達で、魅了が解けたことで自分の行いを思い出し、処罰を恐れ、領地に引っ込んだのだ。

追放した公爵令嬢が冤罪《えんざい》であることはまだ発表されていなかったが、王太子妃が北の塔に幽閉《ゆうへい》されたことは噂になっていた。

「……セレンティーヌは無事だったか」

「はい。彼女には既に夫と子供がおり、こちらには戻ってこないと」

「そうか、ご苦労であった……」

エリオットは、ネオシィスト王国で、元婚約者であった公爵令嬢のセレンティーヌと会ってきたことを国王に報告した。

国王は彼女が生きて暮らしていることにホッと胸を撫《な》で下ろしたが、自国に戻ってこないと知ると厳しい表情になった。

エリオットはいずれボルビアン国の国母になるよう育てられた彼女が戻らない選択をした時、それだけのことを彼女にしてしまったのだと自己嫌悪に陥った。

国王も同じ気持ちだろう。魔道具をつけた今だからこそ、彼女と一緒に過ごした日々だけが蘇ってきて胸が締め付けられた。

国王は深い息を吐き、彼の執務室が重苦しい雰囲気になった。

「ジュリエナはボルビアン国を謀り、我がものにしようとした大罪人だ」

「……はい」

「あの女を北の塔から地下牢へ移せ。呪いがある以上、国外への追放もできまい。生涯の幽閉《ゆうへい》を命じる」

王太子妃という立場だからこそ北の塔に入れられていたが、地下牢は王族以外の犯罪者が収容される場所だ。それはつまり、ジュリエナから王太子妃の称号を剥奪《はくだつ》することを意味していた。

「……畏まりました」

心臓から指先にかけて冷たくなっていく。辛うじて言葉は返せたものの、目を合わせることができなかった。さらに、追い討ちをかけるように国王は続けた。

「エリオット、あの女の産んだ子に王位継承権は渡せぬぞ。その意味は、分かるな？」

「私に、他の女性を娶《めと》れと仰るのですか？」

ジュリエナが王太子妃でなくなれば、当然エリオットの隣が空席となる。

そして王位を継ぐ子供がいなくなれば、必然的に新たな世継《よつ》ぎが必要となるのだ。

「現王太子妃は病気で公務のできない状態にあると発表し、お前は側室を迎えるのだ」

「リオルは……私の息子はどうなるのですか」

「信用できる者の家へ養子に出すといい」

「……っ、あの子はっ、私の息子です……！　それに、私は……」

エリオットは拳を握り締めて唇を噛んだ。

魅了によってジュリエナを妻にしてしまったが、産まれてきた子に罪はない。誰よりも息子の誕生を喜んだ己だからこそ、今は自身の罪と息子に背負わせるものの重さに向かい合う時間が必要だとは思ったが、手離すことは考えていなかった。

息子だけでも大切に育て、王位を継がせることが役目だと思っていたのだ。

「お前の子であっても、呪いを使う女が産んだ子供である以上、どんな血が入っているか分からん。手離せなくなる前に遠くへやるのだ」

「……っ」

「私は少し疲れた。今日はもう下がれ」

額を押さえた国王は、エリオットにそう伝えると顔に刻まれた皺《しわ》を深くした。

エリオットは国王に頭を下げ、執務室を後にした。引き返して考えを改めるよう国王に進言したかったが、国王を思うと足が動かなかった。

公爵令嬢の冤罪《えんざい》が分かった今、愛する妻を死に追いやったのが自分なのだと自覚して、取り返しのつかないことをしたという後悔に心が蝕まれている筈だ。

それでも、過去には戻れない。エリオットは熱くなる目頭を堪え、閉ざされた扉から離れた。


――『悪いことをしたら北の塔に入れられますからね』。

銀水晶の宮で声が嗄《か》れるほど語らい、時間を忘れて翌日の帰宅となってしまった息子に、母は冗談交じりに言ってきた。

悪いことをしたら北の塔、というのは王族の間ではお決まりの言葉だ。子供の頃、どんな恐ろしい場所なのだろうと、婚約者と話した覚えがある。そして、お互い入れられないようにしないとな、と笑い合った。

しかし、大人になって案内された北の塔は子供の想像を容易《たやす》く打ち砕いた。

罪を犯した王族が入れられる場所と言っても、やはり高貴な者が過ごす部屋とあって、床の絨毯《じゅうたん》から家具まで職人が作った一級品で、下女によって清潔に保たれている。たとえ塔に入れられても、毎日湯浴みの準備がされ、届けられる食事は変わらず豪勢《ごうせい》だった。

窓には鉄格子《てつごうし》がはめられ、逃げ出せないように部屋の扉にも鍵が掛けられる。

それでも、あとは自由に過ごせるとあって、行動の制限を除けば実に快適な場所だ。

だが、今エリオットが向かっている場所は北の塔ではなかった。

彼は地下に続く長い階段を下りていた。

護衛の騎士は階段の入口で待機させ、一人だけで向かっていた。普段は持ち歩かないが、今回は護身用の剣を腰に差している。

日の当たらない地下はカビ臭く、時折水滴《すいてき》の落ちる音が響いた。石の階段を下りきると、足元からひんやりと冷たい空気が流れ込んでくる。自然と心が沈んでいくようだ。エリオットが歩いている通路の横には鉄格子《てつごうし》の牢屋《ろうや》が並んでいた。

どの部屋にも人はいない。よほどの大罪人でない限り、収容されない場所なのだ。

前回使われたのは、五年前の暴漢《ぼうかん》が最後だった。そんな罪人を収めるところに王太子自ら足を運ぶなど前代未聞だろう。

エリオットは腕にはめたブレスレットを確かめ、一番奥の牢屋《ろうや》の前で立ち止まった。

「……ジュリエナ」

低い声が相手の耳にも届く。

そこには変わり果てた姿の妻が、膝を抱えて床に座っていた。

ピチャン……

石の隙間から雨漏りした水が地面に落ちて弾ける。地下は昼間であっても夜より暗かった。エリオットは頑丈に造られた鉄格子《てつごうし》に近づき、手にしていたランプを持ち上げて中を照らした。

そこには綺麗なドレスから薄汚い灰色のワンピースに着替えさせられ、伸びた髪も短く切られた妻の姿があった。呪いが分かった直後は自室に監禁していたが、その後、王太子妃という立場から北の塔に幽閉《ゆうへい》していた。

本人は納得がいかず、身の回りの世話をしていた侍女に詰め寄ったり、見張りをしていた騎士を誘惑して部屋から出ようとしたようだ。それでもまだ不自由のない生活は送っていただろう。北の塔に幽閉《ゆうへい》されても尚、部屋が地味だと我儘《わがまま》を言って絨毯《じゅうたん》やカーテンを自分好みの色に取り替えさせていたという。そして二言目には夫のエリオットに会わせろと言っていたようだ。

魔道具がなければ、ジュリエナの行動は全て笑って許されていたかと思うと恐ろしくなる。実際、以前はそうだったのだ。彼女の言葉通りに物事は進み、全員が踊らされた。

自分も、また……

「……ああ、エリオット！　やっと来てくれたのね！」

明かりに照らされてエリオットの姿を見つけるや否や、一枚の毛布《もうふ》に包まっていたジュリエナは床を這いながら近寄ってきた。地下牢に連れて来られてから一度も湯浴みをしていない彼女からは、香水の甘い香りではなく体臭が漂ってくる。

彼女が地下の牢屋《ろうや》に移送されたことは限られた人物しか知らない。

ジュリエナ自身も薬で眠らされた状態で運び出されたため、何が起こっているのか理解できていない筈だ。鉄格子《てつごうし》から両手を伸ばしてきたジュリエナは、エリオットの足にしがみついてきた。

「どこに行っていたのですか！　わ、私、気づいたらこんな場所に……。早くここから出してください！」

「……ジュリエナ、君はもう王太子妃ではなくなった」

「なっ……!?　ど、どういうことですか！　私は貴方と結婚して……！」

エリオットが冷たく放った言葉に、ジュリエナは動揺《どうよう》を隠せなかった。

「君は罪を犯したんだ。私がどこへ行っていたのかと訊ねたね……私は自ら追放してしまった公爵令嬢、セレンティーヌのところへ行ってきたんだ」

——真実を求めて。

エリオットが教えると、ジュリエナは目を見開き真っ青になった唇を震わせた。

「……会いに、行った……？」

小刻みに震える唇から言葉が漏れる。どんなに小さな声でも、音が響く地下では拾えてしまう。

ランプを翳《かざ》してジュリエナの表情を確かめると、困惑《こんわく》の色を浮かべていた。

「公爵令嬢は、追放されて殺されているはずだわ……」

「――なぜ君がそれを知っているんだ」

到底聞き流せない言葉を聞いて、エリオットはその場に片膝をつき、鉄格子《てつごうし》の間から手を伸ばしてジュリエナの腕を乱暴に掴んだ。

ジュリエナはセレンティーヌのことを恐れていた。

だからこそエリオット達は、追放されたあとのセレンティーヌのことはどんなに些細なことだとしても、決してジュリエナの耳に入ることがないようにしていた。

セレンティーヌを襲ったのは物取りの犯行だったという。それが偶然ではなく、仕組まれたのだとしたら。そのことを知っているのは真の犯人だけだ。

「痛っ！」

「なぜ、彼女が殺されそうになったことを知っている⁉　君が仕組んだのか！」

「なっ、私じゃないわ！　そうなるように最初から決まっていたのよ！」

「決まっていた、だと？」

半ば叫ぶようにして言ってきたジュリエナの様子は、嘘をついているようには見えなかった。

それなら、なぜジュリエナがセレンティーヌの運命を知っているのか。

真相を確かめようとしたが、ジュリエナはエリオットの手を払い退け、自身の体を抱き締めた。

「……そうよ、そうだわ……あの公爵令嬢も転生者なのよ……！　だからストーリー通りにいかなかったんだわ……っ」

ジュリエナは呪文でも唱えるようにぶつぶつと喋り出した。エリオットはおかしくなってしまった彼女に嘆息し、立ち上がった。

「君が何を言っているのか、私には理解できない。しかし、君が呪いで私達を都合よく操っていたことは確かだ」

「私は、どうなるの……？」

「本来なら国外追放になるが、君の場合は国の外に出す方が我々の脅威となる。このままこの牢屋《ろうや》で一生幽閉《ゆうへい》となるだろう」

恐る恐る訊ねてきたジュリエナを見下ろし、エリオットは表情を変えずに答えた。

一度は愛し合い、妻とした相手に対しての態度ではない。

だが、ジュリエナを前にして感じるのは言いようのない怒りと嫌悪《けんお》だ。

一方、生涯の幽閉《ゆうへい》を知らされたジュリエナはカッと目を見開き、鉄格子《てつごうし》を掴んで激しく揺らした。

「――っ、なんでよ！　どういうことよ⁉　私は貴方の息子を産んだのよ⁉　いずれ国王になる子供を産んだのに、なんで私は幽閉《ゆうへい》されなきゃいけないの⁉　魅了なんて、そんなの使ってないし！　全然設定と違うじゃない！」

地下に鉄格子《てつごうし》の揺れる音が響き渡る。それでも外に音が漏れ出すことはない。何が起きても、決められた者以外立ち入ることはできない場所だ。

「私はこの国の王妃になるんだから！　早くここから出しなさいよ！」

声を荒らげ、必死で訴えてくるジュリエナを見てもエリオットの心に同情や後ろめたさは芽生えてこなかった。魅了の効果がなくなった今、ジュリエナを想う気持ちは完全に消え失せたのだ。

「セレンティーヌに虐《いじ》められていたのは本当か？」

五年前の真実はセレンティーヌから聞いていたが、エリオットは自らの罪を否定し続けていたジュリエナに再び訊ねた。

すると、ジュリエナは呆れた様子で口元を歪め、壊れたように笑いだした。

「今更何よっ！　そうだと信じたから貴方はあの女を断罪して追放したんじゃない！　悪役令嬢として当然の末路だわ！　公爵令嬢だからっていつも私のことを見下して！　最後の絶望に震える顔なんて傑作《けっさく》だったじゃない！　貴方もそう思ったでしょ⁉」

それは言葉の刃になってエリオットの胸に深く突き刺さった。

そうだ、セレンティーヌを皆の前で断罪したのは紛れもなく自分だ。取り返しのつかない罪を犯したのは自分も同じだった。

「——……っ」

目の前にいる人間を、これほどまでに憎いと思ったことはない。殺してやりたい程の衝動《しょうどう》に駆られたのも生まれて初めてだ。そんな自分を見て、元婚約者はどう思うだろうか。

——きっと、悲しむだろう。

エリオットは胸ポケットに入れたハンカチを上着越しに撫《な》で、腰に帯びている剣の柄に触れた。鞘から抜いた剣がランプの明かりに照らされて鈍い光を放つ。

——なぜ、こんな女に魅了されてしまったのか。

『エリオット殿下は努力家なんですね』

通い始めた学園で、出会って間もないジュリエナにそう言われた。

お互い初めて顔を合わせたのに、ジュリエナはまるで、エリオットの全てを知っているような態度だった。

昔から秀才だったハルミンに加え、独特の感性を持つセレンティーヌには天才と呼べる才能が備わっていて、それは自分にはないモノだった。

それでも国で唯一の王子である以上、逃げ出すこともできず、息が詰まりそうな毎日を過ごしながら必死で勉学に励んでいた。陰で努力しているなど、誰にも知られたくなかった。

けれど、自分より劣っているジュリエナに凄いと感動され、褒められるのは気分が良かった。自分の努力を、彼女だけは分かってくれている。それがジュリエナにつけ入る隙を与えた瞬間だったのだろう。

あとは転がり落ちていくようにジュリエナに心を奪われ、婚約者だったセレンティーヌを蔑《ないがし》ろにし、国から追放した。

『最後の絶望に震える顔なんて傑作《けっさく》だったじゃない！　貴方もそう思ったでしょ⁉』


――違う。


小さい頃から共に育ってきたセレンティーヌを断罪して、気分が良かった筈がない。

けれど、あの時は確かに劣等感《れっとうかん》を覚えていた相手にようやく勝てた気がして高揚《こうよう》した。

愛するジュリエナを守れたことにも満足したのだ。本当に、守らなければいけなかったのはセレンティーヌの方だったのに。

ジュリエナの呪いがいけなかったのか。

それとも、自分より聡明《そうめい》なセレンティーヌを、一瞬でも疎《うと》ましく思ってしまったのがいけなかったのか。

一体、どこで己の道は狂ってしまったのか。

何度も愛を囁き、永遠の誓いを交わしたジュリエナに鋭い剣先を向けて、自分はどうしようというんだ。

「……ひっ、ひぃぃっ！」

エリオットに剣を向けられて、ジュリエナは悲鳴を上げた。素早く後ろに下がったことで、彼女を閉じ込めている鉄格子《てつごうし》が、皮肉にもエリオットの剣から守ってくれた。

我に返ったエリオットは唇を噛み締め、剣を鞘に戻して体の向きを変えた。

「……これからはそうやって、常に死に怯えながら生きていくと良い」

エリオットは吐き捨てるように言い残し、背中に響くジュリエナの叫び声を聞きながら地上に戻った。

第五章　魅了が解けた乙女の末路

――誰だって自分のほうが愛されていると思いたい。


少女の前世は、奪って奪い返されることの繰り返しの人生だった。

彼女には五つほど年の離れた優秀な兄がいた。成績は常に上位で、両親からの期待も高かった。

一方、少女はどちらかと言うと後ろから数えるほうが早かった。当然、両親には期待されなかったが、女の子というだけで甘やかされた。家が裕福だったせいもある。

素敵な相手と結婚できれば幸せになれるのよ、というのが母親の口癖《くちぐせ》だった。母親は優良企業で働く父親と出会い、結婚して専業主婦になった。子供にも恵まれ、確かに幸せだったと思う。

兄はあまり友達と遊ぶこともなく、机に向かって勉強する姿をよく見かけた。そうすることで母親は喜び、父親は兄のことを自慢気《じまんげ》に話すからだ。

少女は両親の期待を一身に背負う兄を見て、もっと楽に生きればいいのにと思った。

友達と遊んで、家でゲームをして、見たいテレビを見て、好きな相手と付き合って。

――兄は真面目過ぎたのだ。

だから、高校受験に失敗した時、初めて挫折《ざせつ》を味わった兄はそこから這い上がることができなかった。

両親はなんとか励まそうとしたが、兄は部屋に閉じ籠もってしまい、以来高校には行かず部屋から出て来なくなってしまった。

幸せだった家庭は一変し、母親は毎日のように嘆き、父親は家に寄り付かなくなった。

少女は息を潜めるようにして生活するようになった。

勉強ができなかった少女は、自身の学力レベルにあった高校を選び、受験に落ちることなく高校生になれた。

だが家では、父親が他の女性と浮気をしていたことが発覚し、母親は父親を責めたが「不自由なく生活できているのは誰のおかげだ！」と言い返されて大人しくなった。

幸せだった家族は呆気なく崩壊した。

兄は相変わらず引き籠もり、母親が届けるご飯だけを食べて生活していた。

高校生になった少女は飲食店のバイトをしながら遊び呆け、そのうちに彼氏ができて何度も体を重ねて夜を共にするようになった。

しかし、彼氏には他に付き合っている女性がいたのだ。突然、彼氏に呼び出されて公園へ向かってみれば、知らない女性がいた。その女性はさっさと別れるように強要してきた。

少女が「奪われるほうが悪いんじゃない」と言い返したら、思いっきり頬を張られた。痛かった。同時に、こんな女性に縛られる彼氏が憐れに思えた。

もっと皆、気楽に生きればいいのに。少女は後腐れなく彼氏と別れた。


――体の付き合いはその後も続いたけれど。


少女は特定の恋人を持たず、他に彼女がいるにもかかわらず言い寄ってくる男性と付き合い、肉体関係を持った。好きだ、愛している、君だけだ、と抱いてもらえるのが嬉しかった。

時々やっている乙女ゲームの世界のように、相手を攻略して手に入れる喜びと快感は、少女を満たしていった。

自由だった。心のどこかで、兄のようにはなりたくない、と思っていた。

そんな兄と家の中で鉢合《はちあ》わせしたのは、学校から帰ってきた時だ。トイレに向かう兄と顔を合わせた。

上下ともダークグレーのよれよれになったルームウェアを着て、標準だった体形は三倍ぐらいに膨れ上がり、髪は伸び放題で両目が覆われていた。

見ないうちに昔の面影《おもかげ》がないほど変わり果てた姿に絶句してしまう。

「……気持ち悪」

あまりの姿に声が漏れてしまった。兄は踵《きびす》を返して部屋に戻ってしまった。

あれは本当に兄だったのだろうか。少女は恐ろしくなって自分の部屋に駆け込んだ。

高校を卒業したら就職して家を出よう。こんなところにいたら自分まで頭がおかしくなりそうだ。

そう決めた夜のことだった。

形だけの家庭に突然、終止符《しゅうしふ》が打たれたのは。

真夜中、眠りに落ちた少女に鋭い刃が振り下ろされた。廊下から部屋へと差し込んだ明かりが、その光景を見せてくれた。

手にした包丁で、妹の体をめった刺しにする変わり果てた兄の姿が。

自分が殺されるという恐怖より、何の感情も宿っていない兄の目のほうが恐ろしかった。

呆気ない人生の幕切れだった。死んだ後のことは何も知らない。両親も兄に殺されたのだろうか。

兄は最後、どうしただろうか。

もちろん答えをくれる者はいない。

――少女は既に知らない場所にいて、二度目の産声《うぶごえ》を上げていたのだ。

二度目はとある国の男爵令嬢として生まれた。

名は、ジュリエナ・ラグラッド。小さい頃から不思議と、今まで見たこともないものや景色について話して聞かせることができた。

なぜだかは分からない。

ある日、招待されたお茶会で、近代的な建物や海の素晴らしさを語ったところ嘘つき呼ばわりされた。使用人からもジュリエナは虚言癖《きょげんへき》があるようだ、と両親に伝えられた。それからボルビアン国にありもしない存在の話は固く禁じられた。

嘘ではないのに、どうして信じてもらえないのだろう。どうして私はみんなと違うのだろう。最初は分からなかった。

この国の中だって、行ったこともない場所でも、勝手にイメージが浮かんでくる。とくに貴族が通う学園や王宮の中は、まるで訪れたことがあるかのように鮮明に思い浮かべることができた。

その原因が分かったのは学園の案内状を手にした時だ。


――これ、乙女ゲームの世界だ。


前の短い人生で、暇な時にやっていた乙女ゲーム。

学園の名前と紋章《もんしょう》を見て、脳裏《のうり》にゲームの内容が蘇る。

内容は王道中の王道。ヒロインである男爵令嬢が勉強やダンスを学んでステータスを上げながら、攻略対象者を落としていく話だ。もちろん、攻略対象との間に壁となって立ちはだかる悪役令嬢と競い、勝利する必要がある。

攻略対象者は四人。

国唯一の王子、エリオット・シャル・ロイヤット・ボルビアン。

侯爵家の嫡子で宰相の息子でもある、ハルミン・ドルート。

伯爵家の嫡子で騎士団総長の息子でもある、ジークレイ・キャスナー。

そして公爵家の嫡子、ユリウス・ド・オグノア。彼だけは他の三人をクリアしないと選べない設定だ。

そう、ジュリエナは乙女ゲームのヒロインに転生していた。

それは飛び上がるほど嬉しいことだった。ゲームはすでにクリアしていて、ストーリーも全部知っている。キャラクターの過去も、未来も、そして攻略方法も。誰を選んでもハッピーエンドだ。

これは前の人生で酷い終わり方をした自分に、神様がくれたギフトだと思った。

興奮して跳び跳ねたら、翌日は熱を出して寝込んだ。両親からは学園はまだ始まらないんだから、と呆れられた。

自分が乙女ゲームのヒロインだと認識した瞬間、自分を取り巻く全てのものが思い通りに動くようになった。

十五歳になったジュリエナは、学園に通う初日を迎えた。門を過ぎたところでゲームは始まり、振り返った時に最初の共通スチルが発生する。

攻略対象である王子のエリオット、そしてジークレイとハルミンの三人が揃って門を通ってくるシーンだ。画面で見るよりずっと格好良い彼らに目を奪われる。

ヒロインはあの中から一人を選んで結ばれるのだ。バッドエンドはない。あるのはハッピーエンドとナチュラルエンドだけ。ヒロインには幸せな未来が用意されている。

ジュリエナは胸が高鳴って仕方がなかった。

けれど、彼らはまだこちらの存在を知らない。

それどころか、エリオットとジークレイは遅れてやって来た婚約者にそれぞれ手を差し出してエスコートしていた。ゲームでは映像も流れなかった場面だ。


——設定資料には載っていたけど、出てくるのはヒロインとバトルする時だけだったわね。


エリオットの婚約者であるセレンティーヌは、腰まで流れる銀髪に青灰色の瞳をした美しい女性だった。オグノア公爵家の令嬢で、二人が並ぶと一枚の綺麗な絵を見せられている気分になった。美しさだけ言えば一番かもしれない。

でも、ジュリエナは知っていた。

どんなに姿が美しくても、彼女は嫉妬《しっと》に狂い、ヒロインを虐《いじ》めて命まで奪おうとするような悪役令嬢であることを。セレンティーヌは最後に断罪されて、この国から追放される運命にある。

——彼女からエリオット王子を救ってあげられるのは私だけよ。

悪役令嬢を好きにさせてはいけない。ジュリエナは決心するように強い眼差しを向けて、離れていく彼らを見送った。

それが攻略対象を決めた瞬間だった。

エリオットの攻略は正直、難しくなかった。会話の選択肢も完璧に覚えている。彼は唯一の王位継承者というプレッシャーと戦いながら、勉学と剣術に励む努力家だ。

一方、婚約者の公爵令嬢は独特な感性の持ち主で、知性に溢《あふ》れた天才肌だった。

昔から一緒に過ごしてきたエリオットは少なからず婚約者に劣等感《れっとうかん》を抱いていた。周囲から「できて当たり前」と思われていたエリオットは、弱音を吐くことを知らなかった。

だから、何気なく彼の本音を引き出し、同時に褒めてあげるのだ。

私は貴方の味方です、貴方が頑張っているのは知っております、と。

真剣に伝えれば、彼は驚きつつも顔を綻《ほころ》ばせて微笑むのだ。最も好きなスチルだったから良く覚えている。これでエリオットとの距離はぐんっと縮まった。

だが、肝心の悪役令嬢が、何もアクションを起こしてこないことが気に掛かった。

ゲームと違って現在のステータスが表示されるわけじゃないから、自分がどのレベルにいるのか分からない。ジュリエナは学園生活を過ごしながら、ストーリー展開と時期を予測し、自ら公爵令嬢に近づいた。

「エリオット殿下は貴方が婚約者であることに疲労を感じております。どうか、解放してあげてくださいっ」

すると、セレンティーヌは困惑《こんわく》した表情を浮かべたが、ゲームのようにバトルが起こることはなかった。

悪役令嬢なのに、どうして。

それどころかセレンティーヌは、婚約者でもないジュリエナが、エリオット達と頻繁《ひんぱん》に過ごしていることが噂になっていると忠告してきた。

周囲も、ジュリエナをはしたない女性と嘲笑《あざわら》い、羞恥《しゅうち》で顔が熱くなった。ジュリエナはすぐに公爵令嬢から虐《いじ》めを受けたと、泣きながらエリオットに報告した。

その頃にはジュリエナは攻略対象たちから守られるようにして過ごしていた。

女性は思い通りに動かないこともあったが、男性はジュリエナのお願いをなんでも聞いてくれた。

悪役令嬢のイベントは発生しなくても、ゲームの補正が掛かっているのだろう。神様はずいぶん私に優しい。

ゲーム内で行われた虐《いじ》めの数々を大袈裟に伝えると、エリオットは婚約者を咎《とが》め、無下《むげ》に扱うようになっていった。いい気味だ。悪役令嬢らしい展開になってきた。

自分はこのゲームのヒロインだ。周りから大切にされて当然の立場だ。

エリオットと婚約して結婚すればいずれ王妃となり、ボルビアン国の国母として群衆《ぐんしゅう》の前に立つのだ。エリオットの隣にいるのは悪役令嬢ではない。


——ヒロインの私だ。


しかし、徐々に周囲からも見放され始めた公爵令嬢は、ある日を境に学園から姿を消した。

まだ追放されたわけではない。違和感を覚えつつも、エリオット達はセレンティーヌが学園に来なくなったのを気にも留めていなかった。彼らの目にはもうジュリエナしか映っていなかったのだ。

卒業が近づくにつれ、エリオットとジュリエナの仲は公認となり、身分差の恋を応援してくる人が多くなった。

そこに最後の事件が起きた。

学園からの帰り、馬車から降りたところで大柄の男に襲われた。抵抗しても歯が立たなかった。やめて、と強く口にしたら男は大人しくなった。

「貴方、あの女に頼まれたのね⁉　公爵令嬢のセレンティーヌに！」

静かになった男から離れ、そう叫んでいた。そこに騒ぎを聞きつけて衛兵がやって来た。取り押さえられた男は取り乱しながら、頼まれてやったのだと口走った。

そして、犯人として悪役令嬢の名を口にした。

事件のことは瞬く間に広まり、卒業式のパーティーの場に姿を現した公爵令嬢は捕らえられた。

公爵令嬢は全ての犯行を否定したが、証拠がある以上、言い逃れはできなかった。

多くの貴族の前で断罪され、国王陛下によって国外追放を言い渡された。死刑制度がないこの国では、追放が最も重い罰だ。

ゲームでの公爵令嬢の追放には続きがあり、彼女は国境を出たところで物取りに襲われ、殺されることになっている。因果応報。ヒロインを暴漢《ぼうかん》に襲わせた罰だ。公爵令嬢が起こした事件は予想以上に、国中を震撼《しんかん》させた。

恐ろしい出来事だった。それでもジュリエナはエリオットに寄り添い、国王も二人の婚約を認めた。公爵家は責任を取ってジュリエナを養女に迎え、晴れて公爵令嬢となったジュリエナはエリオットと結ばれた。

混乱が続く中、エリオットは立太子式で王太子となり、ジュリエナは王太子妃となった。国民も身分と困難を乗り越えて一緒になった彼らを祝福した。

二年後には王子も生まれ、エリオットは次の王位継承者に泣いて喜んだ。王子を生んだことでジュリエナの立場も揺るぎないものとなった。

……幸せの絶頂にいた。

歯車が狂い出したのは、公務でネオシィスト王国を訪れてからだ。

エリオットが次第に距離を置くようになった。公務での失態《しったい》が原因ではない。

それ以外に何か、見えない力が働いているように思えた。

そして、息子を連れてエリオットの執務室を訪れた時にジュリエナの全てが一変した。

突然、エリオットはジュリエナを部屋に連れていくよう騎士に命じ、彼女は監禁された。

一体、どうしたというのだ。

動揺《どうよう》するジュリエナの元に、エリオットがやって来た。

「……魅了を、私が？」

銀のブレスレットをして見下ろしてくる夫の目は、既にヒロインを見ている目ではなかった。

どうして……？

何がいけなかったの……？

完璧なハッピーエンドを迎えたのに、どこで間違ったの？

悪役令嬢を追放して攻略対象と結ばれ、彼の子供だって生んだのに。

ヒロインは幸せになれる筈じゃなかったの？

なのに、なんでエンディングの後もこんな目に遭わなければいけないの？

……ゲームは終わったじゃない！

◇　◇　◇

「――食事だ」

鉄格子《てつごうし》の前にフードを被った男が立っていた。貴族や騎士とは違い、薄汚れた服を来て、食事を運ぶ手も黒ずんでいる。彼は自らを地下牢の牢番《ろうばん》だと名乗った。

食事は一日二回、歪んだ銀のトレイに冷めたスープと固いパンが載せられただけの粗末なメニューだった。とても王族に出す食事ではない。塔に入れられていた時の待遇とは雲泥の差だ。

「ねぇ、私とても寒いの……。温かい飲み物と毛布《もうふ》を届けてくれないかしら？」

ジュリエナはガリガリに細くなった腕を擦り、ぶるっと震えた。

地下牢に入れられてからどのぐらい経っただろうか。外の光が差し込まない地下には、朝も夜もない。ただじっと耐えるだけの生活が続いていた。

「罪人が何を言っている」

「――っ、私は王太子妃よ！　これは何かの間違いだわっ！　早くここから出すように、お義父様とエリオットに伝えてきて！」

男もまた手首に銀のブレスレットをはめている。

——私が何をしたというの。


身に覚えのない罪で牢屋《ろうや》に入れられ、平民以下の存在に成り下がっている。

これならまだ男爵令嬢だった頃のほうがマシだった。

「できるわけがない。アンタは二度と自由になれない」

「そんな筈ないわ！　私はこのゲームのヒロインなのよ！」

「アンタって本当に馬鹿なんだな」

「なんですって⁉」

鉄格子《てつごうし》のすぐ前に立ってジュリエナを見下ろしてきた男は、口の端を持ち上げて愉快そうに笑った。ジュリエナは身の危険を感じて後ろに下がる。以前、夫であるエリオットに剣を向けられた時も、鉄格子《てつごうし》のおかげで助かった。

けれど、いくら男から離れても言いようのない恐怖が纏《まと》わりついてきた。

「ああ、でも体つきだけは良かったなぁ」

フードの下に見えた口元が薄笑いを浮かべる。空腹な獣が獲物《えもの》を前に涎《よだれ》を垂らすように、男は下唇を舐めて濡らしていた。ジュリエナはさらに鳥肌が立ってぶるっと震えた。

「……なんなの？」

「アンタ、俺の顔に見覚えはないか？」

そう言って、男は食事の載ったトレイを地面に置き、しゃがみ込んで被っていたフードを外した。

ジュリエナは松明《たいまつ》が揺れる明かりの中で男の顔を見つめたが、思い出すことができなかった。

本当に会ったことがある男だろうか。怪訝《けげん》そうに眉を顰《しか》めると、男は口元を歪めて肩を竦《すく》めた。

「男はみんな同じに見えるってか？」

「……貴方、一体」

その時、コツ、コツ、と歩いてくる足音が聞こえてきた。どんどん近づいてくる存在に寒気がした。男は変わらずにたにたと笑っていて動こうとしない。

ジュリエナは戸惑いと恐怖に駆られ、震える自分の体をぎゅっと抱き締めた。

「お待ちしておりました、ドルート侯爵閣下」

牢番《ろうばん》の男が深く頭を垂れて彼を出迎えた。

覚えのある深緑色の伸びた髪に銀縁の眼鏡、秀麗な顔立ちの彼が現れてジュリエナは目を見張った。夫であるエリオットを傍で支え、宰相になる夢を追いかけていた青年。攻略対象の一人で、王太子妃になる前からジュリエナに寄り添ってくれたハルミンが鉄格子《てつごうし》越しに立っていたのだ。

「――鍵を」

「畏まりました」

ハルミンが短く命じると、男はズボンのポケットから鍵の束を取り出し、ジュリエナの牢屋《ろうや》を開け始めた。

「ああ、ハルミン！　貴方なら助けに来てくれるって信じてたわ！」

鉄格子《てつごうし》の一部が開かれると、ハルミンは躊躇《ちゅうちょ》なくそこを潜ってジュリエナの牢屋《ろうや》に入ってきた。

この乙女ゲームにハーレムエンドはない。攻略対象を一人選んでしまうと他は攻略できない仕組みだ。最初にエリオットを選んでしまったジュリエナは、エリオットの好感度しか上げられなくなっていた。

だが、選んだ攻略対象とのハッピーエンドを迎える為に、他の攻略対象の助言や協力が入ることは良くある。

だから、ジュリエナには確信があった。彼だけは自分を裏切ることなく助けに来てくれるって。五年前のあの時も、ハルミンは自分の為に動いてくれたのだから。

「早くここから連れ出して！　そうしたら貴方と寝てあげてもいいわ」

ジュリエナは入ってきたハルミンの足に胸を押し付け、上目遣いで見上げた。

夫となったエリオットだけで満足しようと思っていたが、今の彼からは愛情すら感じられなくなっていた。それなら自分を愛してくれる人に抱かれたい。皆から愛されたヒロインとして、相手に不足することはないだろう。

——転生したこの世界でヒロインになった以上、私は幸せになる義務があるのよ。

しかし、ハルミンは無表情で眼鏡を押し上げ、顔にかかる前髪を掻き上げた。その手首にも青白く光るブレスレットがあった。

「娼婦《しょうふ》以下ですね。呪いさえなければ、貴方などあの方の足元にも及ばなかったというのに」

「……え？」

恐ろしいほど冷たい声が頭上から落ちてきた。

それだけじゃない。違和感を覚えてジュリエナはハルミンの足から手を離した。これまで冷たい印象はあっても丁寧な言葉遣いと敬意を持って接してくれていた彼に、初めて身の危険を感じた。

その時、音もなく背後に立っていた牢番《ろうばん》の男が、ジュリエナの片腕と首裏を掴んで地面に押し付けてきた。

「貴方のような女が王太子妃など冗談も甚だしい」

「ぐぅっ……！　い、痛い、放してっ！」

硬い地面に顔が潰れるほど押さえつけられ、氷のような冷たさと痛みに悲鳴を上げる。

しかし、顔を上げようとした瞬間、ジュリエナの頭にハルミンの足が乗せられた。

「まかさ魅了とは」

「……っ！　ハルミンやめて……！」

屈辱と痛みで自然と涙が溢《あふ》れてくる。

ジタバタと暴れて抵抗すると、ハルミンは苛立《いらだ》ちながら溜め息をついた。

「――五年前、ですか。あの方を追放する為に、暴漢《ぼうかん》をけしかけるよう頼まれましたね。おかげで私は、親友の婚約者を追放に追いやっただけでなく、昔から慕っていたあの方を殺すところだったんです」

「……あの、方……慕って……っ？」

「ああ、貴方が考えているような気持ちはありませんよ。あくまで私は、エリオット様の隣で笑っているセレンティーヌ様をお慕いしていたんです。それで十分でしたから。そして私は宰相を目指しながら、彼らの傍《かたわ》らで二人の幸せを見守っていく筈でした」

淡々と話しながらも、ジュリエナの頭に置かれたハルミンの足に力が込められていく。硬い石に無理やり擦り付けられた額から血が滲《にじ》み出した。

「なのに、貴方のせいで全てが変わってしまった」

ハルミンの冷淡な声は、ジュリエナを押さえつけている男も震えるほど恐ろしいものだった。

混乱するジュリエナに、ハルミンはようやく乗せていた足をどけて目の前に片膝をついた。

「貴方を押さえつけているのがあの時の暴漢《ぼうかん》ですよ。追放になって国境で殺されそうになったところを助けました。今は私の為に良く働いてくれていますがね」

しなやかな手が伸びてきてジュリエナの顎を掴み、上に向かせる。涙と汗でぐしゃぐしゃになったジュリエナの顔を眺めながら、ハルミンは目を細めて薄く唇を開いた。

「今すぐ殺してやりたいところですが、とある国が貴方の能力を買っていましてね。その魅了は魔道具を開発するのに良い実験材料になるそうです」

「あ、ぁ……」

「もしかしたら、ここで死んでいたほうが幸せかもしれませんね。貴方はこれから自身の呪いを使って何人もの男を相手にし、ボロボロになるまで体を酷使《こくし》し続け、死ぬことも許されず、逃げることもできないまま実験体として飼われるのですよ」

「ぁ、あ、いや……いやだ、そんな……っ」

松明《たいまつ》の明かりが届かない場所でも、ハルミンが唇を持ち上げて笑ったのが分かった。

ジュリエナは恐怖に身が竦んで、動けなくなっていた。

「もう貴方の戻る場所はありません。後戻りできないところまで来ているんですよ、貴方も、私も……」

「ど、どういう……!?」

辛うじて声だけが出せた。

すっかり怯えきったジュリエナに、ハルミンはしゃがみ込んで目線を合わせてきた。

「貴方はネオシィスト王国の王太子に呪いを掛けようとしたんですよ。私達にしたのと同じように。戦争になってもおかしくない状況でした」

「わ、わ、私、そんなの知らないの！　魅了なんて、本当に使ってないわ！」

「それは自分自身によく訊ねてください」

「そんな……っ！　こんなの違う……私はこんなの望んでない！」

最初はヒロインとして、悪役令嬢からエリオットを解放してあげたいという使命感があった。

だけど、他の男性からも優しくされて、願えば大抵のことは叶う生活になった。王太子妃になっても変わらないジュリエナのことを誰も咎《とが》めなかった。

だって乙女ゲームのヒロインだから。皆に愛されているだけで良いのだと思った。

それが結果的に自分の幸せに繋がっているんだと。


――なのに、違っていたの？


ジュリエナは頭が真っ白になって動けずにいた。そこへ牢番《ろうばん》の男がジュリエナの肩を掴んできて、上体を起こされた。

「さぁ、もう眠りなさい。すぐにでも隣国へ送って差し上げましょう」

「ひっ、い、いやだ……っ！」

ハルミンが小さな瓶を男に手渡すと、男は躊躇《ためら》うことなく瓶の蓋を開いて中身を汚れた布に染み込ませた。

「散々、他人の人生を狂わせて奪ってきた貴方も、最後ぐらいは誰かの役に立ちたいでしょう？」

「や……っ、やめ……！」

男の手にした布がジュリエナの鼻と口にあてられた。強烈な薬品の臭いがする。

抵抗する力も残っていないジュリエナの体はすぐに傾いた。

「……ハル、ミ……ン……」

意識が途切れていく中、必死にハルミンへ両手を伸ばす。

今度は殺されるわけじゃないのに、前世で味わった最後の恐怖が押し寄せた。ハルミンはあの時見た兄と同じ冷たい目をしていた。

第六章　残ったもの、失ったもの

地下牢から外へ出ても胸がつかえるような息苦しさからは解放されなかった。ジュリエナの甲高い笑い声がエリオットの耳に残って離れない。心を抉《えぐ》るような言葉も。

魅了が解けなければ幸せな夫婦でいられたのだろうか。呪いを掛けられたまま、見えない鎖で繋がれて彼女だけを愛する夫でいられたかもしれない。一瞬、手元で青く光り続けている魔道具を見下ろしたが、エリオットはすぐに目を逸らし歯軋りをした。

今更、これを外せる訳がない。

ジュリエナに、エリオットを愛する気持ちはあったのだろうか。

それとも最初から公爵令嬢を陥れ、自分が婚約者に取って代わることが目的だったのか。

尋問《じんもん》しなくてはいけないことが沢山あったのに、怒りが抑えきれず剣を向けてしまった。

冷静になれない自分が情けなくなる。だが、幼い頃から最も身近にあった幸せを奪われ、落ち着いてなどいられなかった。

呪いから解き放たれたからこそ、本心から言える。自分はジュリエナを愛してはいない。以前も、この先も、愛する女性はセレンティーヌただ一人だ。

護衛の騎士を従えて王宮に戻ってきたエリオットは、目の前からハルミンと肩を並べて歩いてくる真紅のドレスを着た女性を見て足を止めた。

腰まで伸びた茶色の髪に派手な装い。どこかジュリエナに似た女性だった。

刹那《せつな》、エリオットは口元を押さえて体を半分に折った。

「……っ、うっ！」

「お、王太子殿下っ！」

背後にいた騎士より、前からやって来た女性のほうが早く気づいた。急に気分が悪くなって崩れ落ちそうになるエリオットに、女性は駆け寄って細い腕を絡ませてきた。

「――私に触るなっ！」

「きゃっ！」

心配してくる女性の手を払い退け、エリオットは後ずさった。乱暴に手を払われた女性は、後ろに傾きかけたところをハルミンに咄嗟《とっさ》に支えられていた。

「エリオット様、どうしたというんですか？」

「……すまなかった。ハルミン、彼女を頼む」

驚愕《きょうがく》と困惑《こんわく》で揺れる二人の視線から顔を逸らし、エリオットはその場を後にした。ハルミンには後々説明を求められるだろうが、自分でもうまく言葉にできない。

ただ、ジュリエナの魅了が解けてからというもの、女性が不快になった。

彼女たちが皆、ジュリエナに見えてしまうのだ。胃がキリキリ痛んで不快なものがせり上がってくる。セレンティーヌと会った時は問題なかったというのに。

こんなことではジュリエナの代わりに子を産んでくれる側室を迎えるなど無理に決まっている。

エリオットは溜め息を零《こぼ》し執務室に戻った。

その時、小さな影が飛び込んできた。

「ちちうえ！」

「リオル……」

ずっと避け続けてきた息子が、エリオットの足元に抱きついてきた。

教育係は部屋の隅で申し訳なさそうな表情をしている。息子が我儘《わがまま》を言ったのだろう。エリオットは床に膝をついて、リオルの顔を覗き込んだ。

「ちちうえ、はやく、ははうえのところにいきましょう！」

リオルはエリオットの手を掴み、無邪気にジュリエナのところへ行こうと誘ってきた。

何も知らない息子の言葉がエリオットの胸に深く突き刺さる。まだ三歳の息子に真実を伝えたところで、分かってはもらえないだろう。どうして母親と会ってはいけないのか。一番甘えたい年なのに、母親から引き離してしまっている。

いや、もっと良くないことが小さな肩に降りかかろうとしていた。

「リオル……」

「ちちうえ？」

エリオットは両手を伸ばしてリオルの小さな体を抱き寄せた。自分の幼い頃に瓜二つで、息子は紛れもなく王族の血を引いていた。

しかし、王命によってリオルは自分の息子ではなくなる。

「……リオル、すまない。恨むなら、私を恨んでくれ」

お前から母親を奪い、権利を奪い、傍にいることさえできない父親だ。

いつか真実を知った時、恨むなら私を恨んでほしい。エリオットは息子を抱き締め、謝ることしかできなかった。

国の王太子だというのに、自分はとても無力だ――

◇　◇　◇

王城で国王の誕生日を祝う式典《しきてん》が行われた。

本来なら祝いの場として賑《にぎ》やかになる筈だったが、大広間に集まった貴族達に向けて、国王は自ら五年前に追放した公爵令嬢の行いが冤罪《えんざい》だったことを伝えた。それによりホール内はどよめき、様々な声が上がった。

衝撃は五年前より大きかった。

だが、王太子妃の呪いについては混乱を招く恐れがあるため、説明には加えられなかった。まさか一人の貴族令嬢によって国が乗っ取られそうになったなど、言える筈がない。

ただ、エリオットの隣に王太子妃のジュリエナと息子のリオルがいないことで、何かあったのだろうと勘繰《かんぐ》る貴族は多かった。

追放された公爵令嬢の現状についても詳しくは伝えられなかった。

穏やかに暮らしている彼女に、これ以上迷惑は掛けられない。

五年前の真実が明かされたことで、式典《しきてん》が終わってからも貴族達に走った動揺《どうよう》は治まる気配がなかった。

呪いと毒を防ぐ魔道具は貴族のみならず、王宮で働く者全員に配布されている。

とくに、王族の毒見役は泣いて喜んだという。

魔道具を献上《けんじょう》してきたネオシィスト王国への感謝は日に日に高まっていた。

その一方で、真実を伝えられてから公の場に姿を見せていない王太子妃と、またそんな女性を王族の一員に加えた王室に対する不信感は増しつつあった。

世間的には、ジュリエナは今回のことで酷く心を痛め、城で療養していることになっている。

だがそれが、彼女を王室が守っていると捉えられ、不満の声が上がっていた。

「……父上」

廊下を歩き終えて、幾度となく足を運んできた部屋に着き、扉の中に入る。

部屋は以前より薬湯の臭いが濃くなっていた。

医師は頭を下げ、悲観的な表情を向けてきた。

「エリオット、か……」

ベッドに近づくと、弱り切った国王が横たわっていた。

無理が祟《たた》ったのだろう、一度は復帰できたものの再び床に臥《ふ》してしまった。

そして今回は、前回より思わしくない。上体を起こすことも難しくなっている。

エリオットが国王の手に触れると、皺《しわ》だらけのごつごつした手が最後の力を振り絞るように握ってきた。

「……後は任せたぞ、エリオット。この国を、ボルビアン国を……頼む」

「何を言っているんですか！　父上にはまだ長く、生きてもらわねば……っ」

エリオットは国王の手を握り返して、すがりつきながら懇願した。

息子が傍から離れ、父親まで失ったら身内はいなくなってしまう。

しかし、国王の手はエリオットの手からすり抜けるように落ちていった。

「……早く、王妃のところにいって……謝らなければな……」

「父上……」

深く息をついた国王は瞼《まぶた》を閉じて眠り始めた。

父親はもうこの世に未練はないようだった。生きる気力も失っている。このままでは王妃の元に行く日も遠くないだろう。

やり場のない怒りと悔しさが押し寄せ、感触が残っている両手を握り締めた。

足元の闇がどんどん広がっていくのを感じずにはいられなかった。自身の執務室に戻ったエリオットは無心で手を動かした。机に積み上がっていた書類は気づくと片付いている。よけいなことを考えずに済むために仕事に没頭していたが、その仕事も片付くと手持ち無沙汰になってしまう。

「貴方のおかげで仕事が捗りますよ」

「……皮肉に聞こえるな」

「皮肉ですよ」

食事もとらずに机に向かっているエリオットに、ハルミンは眼鏡を押し上げて溜め息をついた。テーブルには従者《じゅうしゃ》が運んできた軽食とお茶が並んでいる。いつの間に用意されたのか、気づかないほど仕事に集中していたようだ。

エリオットは重い瞼《まぶた》を揉みほぐし、椅子から立ち上がってテーブルのほうに移動した。ようやく休憩を取ったエリオットにハルミンは安堵《あんど》する。

「そんなに心配しなくても私は大丈夫だ」

「……そうですか」

ソファーに深く腰を下ろしたエリオットは、軽食に手を伸ばした。ハルミンもまた向かい側に座り、紅茶で喉を潤す。

「状況も状況ですから仕方ないにしても、そろそろ側室を迎えられては」

「……私には無理だ」

「ですが、世継《よつ》ぎを作ることができるのは貴方しかいないのです」

「分かっている……」

ハルミンの言葉も頭では理解しているが、女性を目の前にすると体が拒否反応を示す。

それに王太子が側室を探していると噂が広まれば、王室に不信感を抱いていた貴族も、こぞって自分の娘を紹介してきた。

「そういえば、セレス様から新しいハンカチが届いたそうですね」

「ああ。緑色の目をした黄金色の鷲の刺繍《ししゅう》が入っていた」

「まさに貴方専用のハンカチ、というわけですね」

「セレンティーヌ……いや、セレスは、昔からお転婆で外で走り回るほうが好きだった。裁縫《さいほう》は嗜《たしな》む程度……というより、嫌々やらされていた筈だ。初めて貰ったハンカチは何が刺繍《ししゅう》されているか分からず、そう言って随分と怒らせてしまったものだ」

スコーンと温かい紅茶で空腹を満たしたエリオットは、昔を思い出してふっと口元を綻《ほころ》ばせた。

あの頃は、楽しかった。誰もが自分達を無敵だと思っていた。仲間達は固い絆で結ばれ、恐れるモノは何もなかった。

……子供だったのだ。

「ええ、そうでしたね」

聞いていたハルミンも、懐かしむように表情を和らげた。

その時、扉がノックされて二人は反射的に振り返った。

エリオットとハルミンが見つめる中、扉が開かれると見知った顔が現れた。そこには、息を切らしたジークレイが立っていた。

服装は騎士の隊服ではなく、動きやすさを重視したシンプルな装いだ。どこからか急いで駆け付けたのか、服装は乱れ、髪がボサボサになっていた。

その切羽詰まった表情に、エリオットとハルミンはソファーから立ち上がり、ジークレイと対面した。

「――ジーク、今までどこに」

「ええ、全くです。先に帰ってきているとばかり思っていたのに、貴方は行方知れず。仕事も無断で休んでいたそうですね。貴方のお父様が相当お怒りでしたよ？」

セレンティーヌのいたネオシィスト王国から戻ってくる途中、ジークレイは一足先にボルビアン国に帰っていた。

しかし、エリオット達と離れて以来、彼の姿を見た者はいなかった。

騎士団は捜索隊を派遣《はけん》していたようだが、手懸《てが》かりは見つからなかった。エリオットも捜しに行きたいところだったが、王宮内も慌ただしくなり城から離れることができなかった。

エリオットは「怪我はないか？」と心配し、ハルミンは呆れていた。

しかし、安堵《あんど》したのも束の間、ジークレイは反省の色も見せず、鬼気《きき》迫る形相でエリオットに近寄ってきた。

「エリオット、頼みがある……っ」

張り上げられた声が室内に響き渡る。

ハルミンは咄嗟《とっさ》にエリオットを守り、二人の間に割って入った。それでもジークレイは構わず、エリオットに懇願してきた。

「どうか、王太子妃の呪いを世間に公表してくれ！　頼む！」

「急に何を言い出すんですか、ジークレイ！」

「ジーク……」

あまりに唐突な願いに、エリオットとハルミンは目を見開いた。

最初は正気《しょうき》を疑ったが、ジークレイの必死な様子に二人は顔を見合わせた。

「なぁ、頼むよ！　俺が王太子妃の魅了に掛かっていたことが分かれば、ラウはまた戻ってきてくれるんだ！」

「呪いの件を公表しなくとも、セレンティーヌ様は冤罪《えんざい》だと伝えられました。それでセレンティーヌ様を庇《かば》っていたとされるラウレッタ嬢の疑いも晴れた筈です」

「ち、違うんだ……っ。これは俺がラウを……。なぁ、頼むよ……俺が正気《しょうき》じゃなかったって分かれば……！」

「……やはり、ですか」

すがりつくような眼差しで見つめてくるジークレイに、ハルミンは眼鏡を押し上げた。

何も知らされていないエリオットは、親友の顔を交互に見て眉根を寄せた。

「どういうことだ？」

「私のところに報告は上がっています。エリオット様にはこれ以上の負担を掛けまいと黙っていましたが……」

ハルミンが話しても良いかジークレイを窺《うかが》うと、彼は唇を噛み締め、悔しそうに拳を握っていた。

エリオットは先を促すように視線をやる。ハルミンは溜め息交じりに続けた。

「ジークレイとラウレッタ嬢はすでに離縁《りえん》されています。私達がネオシィスト王国に旅立った後に離婚証明書が提出され、国王の承認もなされています」

――すでに離縁《りえん》している、だと？

そう話すハルミンに、エリオットは慌てて聞き返した。

「なぜだ……？　ジークの署名がなければ証明書として成り立たない筈だ」

「ええ、それが普通です。ですから、承認されたのです」

証明書が受理された。つまり、書類に不備はなかったということだ。

誰かが代わりにジークレイのサインを記入したとも考えられるが、貴族同士の婚姻と離縁《りえん》の証明書は厳しく審査され、サインもまた本人のもので間違いないか確認される。

問題がなければ国王の元に通され、ようやく受理される代物《しろもの》だ。

すると、ジークレイは苛立《いらだ》った様子で自分の髪を掻き回し、罪を告白するように話した。

「婚姻した時に、俺の署名が入った離婚証明書を渡していた……。ラウはセレンティーヌ様が追放されてからも彼女の味方だった！　だから、俺は……っ」

なんということだ。結婚と同時に離縁《りえん》の証明書が手渡されるなど。

常にジークレイの隣にいた幼馴染《おさななじ》みを思い出して息を呑んだ。どうりで、ラウレッタと一緒になったのに、彼女の話が出てこなかったわけだ。

エリオットは額に手を当て天井を仰ぎ、ハルミンは目を細めた。

「――妻になったラウレッタ嬢を貴方は蔑《ないがし》ろにしていた、ということですか」

ジークレイもジュリエナの傍にいて呪いを受けていた事は確かだ。エリオットと結婚しなければ、ジークレイもまたジュリエナに想いを伝えていたかもしれない。

王太子妃という、手の届かない存在になったことでジークレイも諦めがつき、幼い頃からの婚約者であったラウレッタと婚姻したのだ。伯爵家の嫡男として。

「それは……っ！　王太子妃の呪いに掛かっていたからで！」

軽蔑《けいべつ》を滲《にじ》ませるハルミンに対し、ジークレイは呪いのせいだと言い切り、再びエリオットに迫ってきた。

「エリオット、お願いだ！　王太子妃の呪いを公表して、公の場でセレンティーヌ様に謝罪してくれ！　それならラウレッタも考え直してくれるかもしれないっ！」

魅了が解けた今、ジークレイが長年一緒に過ごしてきた幼馴染《おさななじ》みを想う気持ちは本物だろう。

だが、離縁《りえん》を決意したラウレッタにとっては、二人の結婚生活は幸せではなかった。

彼らもまた、ジュリエナの呪いの犠牲者となってしまったのだ。

助けを求めてくる親友の言葉に、エリオットは俯いて下唇を噛んだ。

「……ジーク。すまないが、それはできない。ジュリエナの呪いは国を脅かすものだ。公表すれば王室だけでなく国が混乱に陥る」

協力できることならしてやりたい。

身を裂かれるような後悔を、ジークレイには味わってほしくない。

しかし、エリオットは国を守る王太子でもあった。

「確かにその通りです。それに公表しないことは国王と上層部によって決定されています。エリオット様の力をもってしても覆すのは難しいでしょう」

「そこを頼んでいる！　なんとしても、ラウを取り戻さないと……っ」

「……悪い、ジークレイ。どうか分かってくれ。五年前の混乱は未だ尾を引いている。これ以上は……」

エリオット同様、国を守る騎士としてジークレイも理解している筈だった。

ただ、自分に起きている状況に冷静さを失っていた。

ジークレイは苛立《いらだ》ちと怒りで茶褐色《ちゃかっしょく》の目を吊り上げ、間に立つハルミンを押し退けてエリオットの胸倉《むなぐら》を掴んだ。

「なぜだ!? そもそも、お前があの女の魅了に掛からなければ……っ！ セレンティーヌ様だけ想い続けていたら、こんなことにはならなかったんだ！」

怒りだけではない。苦痛とやるせなさを孕《はら》んだ怒声がエリオットの胸を締め付けた。

「ジークレイ、やめなさいっ！」

いくら親友同士とは言え、王太子の胸倉《むなぐら》を掴むなど許されることではない。不敬罪で罰せられてもおかしくないのだ。

ハルミンは咄嗟《とっさ》にジークレイの腕を引き剥がそうとしたが、騎士として鍛えられた腕はぴくりともしない。一方、エリオットは項垂《うなだ》れて「……すまない」と謝る他なかった。

「衛兵！ 衛兵……！」

これ以上、自分ではどうすることもできないと、ジークレイがエリオットに手を上げる前に、ハルミンは廊下で待機している衛兵と護衛の騎士を呼んだ。

騎士が飛び込んでくると、目の前の光景に驚きつつハルミンの指示に従って動いた。

「ジークレイ・キャスナーを王太子殿下から早く引き離すのです！」

取り返しがつかなくなる前に。

護衛の騎士はジークレイの直属の部下でもあったが、彼らも隊長が罪を重ねない為に必死で止めに入った。

護衛の騎士三人と、衛兵二人に押さえつけられ、ジークレイはエリオットから無理やり引き離された。

「――くそっ！」

「彼の頭が冷えるまで、しばらく牢屋《ろうや》に入れておいてください」

騎士が暴れるジークレイの腕を押さえて拘束する。彼はそのまま引き摺られながら連れ出され、執務室は嵐が過ぎ去ったように静かになった。

「ご無事ですか？」

「ああ、大丈夫だ……」

乱れた服装を整えるエリオットに、ハルミンが声を掛けてきた。怪我はしていない。

ただ、胸倉《むなぐら》を掴まれた苦しさより、友を救えない自分が悔しかった。

エリオットは離れていく友を思い口元を歪ませ、自嘲《じちょう》気味に笑った。

「私は、親友まで失うのだな……」

◇　◇　◇

季節の移り変わりを知らせる長い雨が降り続いていた。

山々に囲まれたボルビアン国は、冬季になると国全体が雪で覆われ、外を出歩く者はほとんどいない。冬季が訪れる前に蓄えた食料で飢えを凌ぎ、暖炉《だんろ》に火を焚いて寒さを凌ぐ。

社交界を彩っていた華やかな貴族達も、オフシーズンに伴い王都の家からそれぞれの領地に戻って厳しい冬に備える。

積雪によって物流も止まる為、王都に残る貴族は少ない。この雨が過ぎれば今度は雪が降り始め、三、四ヶ月は身動きが取れなくなるだろう。

エリオットは執務室の窓から、雨と濃霧に包まれる王都を眺めた。

「リオル様を早めに出発させて良かったですね」

今朝届けたばかりの書類が、昼過ぎには片付けられていた。

書類は完璧だが、王太子の仕事が早すぎて他の者達が休めないでいる、と愚痴《ぐち》が聞こえてくるようだ。

ハルミンは書類に不備がないか細かく目を通していきながら、窓際から動かないエリオットの背に話し掛けた。

「……私は酷い父親だな」

「貴方のせいではありません。リオル様も大人になれば理解されるでしょう」

確認した書類を束ねて革の鞄にしまったハルミンは、再び顔を持ち上げてエリオットを見た。

息子のリオルは、エリオットの母親である王妃の実家に養子として迎えられることになった。王妃は国境を守る辺境伯《へんきょうはく》の令嬢で、王都から最も遠い領地から嫁いできた。

家族や領民に愛され、多くの民から支持されてきた王妃の死は、大勢の人々に悲しみと絶望を与えた。

罪人とされていたセレンティーヌを庇《かば》っても尚、王妃は多くの人に愛されていたのだ。

当時の辺境伯《へんきょうはく》はとくに娘の死が受け入れられず、城に乗り込んできて国王に直訴《じきそ》したほどだ。

それから辺境伯《へんきょうはく》と王家の関係は冷めたものになった。それでも国を守る最後の砦として、王家に忠誠《ちゅうせい》を誓っていることは確かだ。

現在は王妃の兄が爵位《しゃくい》を継いで領地を治めており、エリオットにとっては伯父にあたる人だが、幼い頃から本当の息子のように可愛がってくれた。正直、今回の一件は断られるかと思ったが、辺《へん》境伯《きょうはく》は二つ返事でリオルを引き取ると申し出てくれた。

そして息子は辺境伯《へんきょうはく》の領地へと旅立った。

王宮に戻ってくることは二度とないだろう。父親であるエリオットと再会することも……

激しい雨音のおかげで、よけいな雑音は聞こえてこない。貴族達が話す噂話も、王宮で囁かれる不安の声も。

このまま全て洗い流してくれたら、と考えてしまう己に肩を竦《すく》め、エリオットは窓から離れた。

「ジークはまだ見つからないのか？」

椅子に腰を沈めたところで訊ねると、ハルミンの手が一瞬止まった。

「……ええ。各領地の領主にも文を出して知らせるように伝えましたが、まだ見つかっておりません」

「そうか……」

お互い顔には出さないものの、親友を心配する気持ちは同じだった。

あの日、エリオットに暴力を振るおうとして衛兵に捕らえられたジークレイは、三日ほど牢屋《ろうや》で過ごした。

その後は、彼の父親である騎士団総長が迎えにやって来て、無断欠勤に加え行方不明だったことで二ヶ月の謹慎、ならびに第四部隊隊長の座も下ろされることになった。

同時に、半年間無給で見習い騎士として鍛え直されることが伝えられた。

ところが、謹慎期間中にもかかわらずジークレイは伯爵家を抜け出し、現在も行方が知れない。

「間もなく冬が訪れる。安全な場所にいてくれれば良いが……」

「ジークレイなら問題ありませんよ」

「そうだな」

無事でさえいてくれれば。

今もジークレイの放った言葉が耳から離れない。

騎士になった時、剣を捧げて必ず守ると誓ってくれたのに。

主君として失望させてしまったのだ。

「……ハルミンはどうするんだ？　冬の間は領地に戻るのか？」

「いいえ、私は城に残ります。貴方を一人にはできませんから」

「そうか。お前には苦労を掛けるな」

「自覚があるなら少し休まれては？」

疲れていないと言ったら嘘になる。夜もあまり眠れず、無心で仕事をこなす日々だ。

だが、ここで立ち止まってしまったら、足元から崩れ落ちそうで恐ろしかった。

怯えて過ごす王太子など滑稽でしかないが、これ以上家臣に心配をかけるわけにもいかない。

「ああ、そうするとしよう」

エリオットは立ち上がり、ハルミンの視線から逃れるように扉へ向かった。

「――先に言っておきますが、国王陛下の見舞いは休む内に入りませんよ」

「それは、……見逃してくれ」

他に向かう場所などない。部屋に戻ったところで眠ることもできず、また仕事をしてしまいそうだ。苦笑するエリオットに、ハルミンは眼鏡を押し上げて嘆息した。

彼の溜め息はますます増えていくな、と肩を竦《すく》め、エリオットは廊下に出た。

エリオットが出てくると、待機していた護衛が二人後ろからついてくる。そこに赤い髪の親友はいない事実がただただ悲しかった。

廊下は執務室と比べて雨の音が一層強まって聞こえてくる。時折、空が光って雷も鳴っていた。今も大きな雷鳴《らいめい》が轟《とどろ》き、思わず空を見上げてしまった。

その直後、廊下を慌ただしく走ってくる足音が聞こえてきた。

「お、王太子殿下、国王陛下が……っ！」

「父上がどうした!?」

現れたのは国王の従者《じゅうしゃ》だった。

エリオットは血相を変えて呼びに来た従者《じゅうしゃ》に胸騒ぎを覚え、急いで王宮の廊下を駆けた。国王の寝室に駆けつけると、王宮医の指示で侍女や従者《じゅうしゃ》が慌ただしく動いていた。

しかし、エリオットの姿を見つけた途端、動いていた者は一斉に立ち止まり、室内は静まり返った。そして誰も目を合わせようとしない。

容態を訊ねたくても、悲愴感《ひそうかん》と疲労を滲《にじ》ませた者達に対して口を開くことができなかった。

エリオットは拳を握り締め、ベッドの傍に近づいた。

「王太子殿下……その、手は尽くしたのですが……」

「……ご苦労だった。皆は廊下に出ていてくれ。――父上と話がしたい」

国王の手を握っていた王宮医は、震える声で伝えてきた。エリオットは彼と入れ替わるようにして枕元に立った。

――これが、最後の会話になるだろう。

誰もがエリオットの呑み込んだ言葉を悟り、静かに頭を下げて部屋から出ていった。

「父上……」

国王はすでに昏睡《こんすい》状態で、話し掛けても反応はなかった。

エリオットは床に跪《ひざまず》き、国王の手を取って祈るように握り締めた。

「貴方までいなくなってしまったら、私は……っ！」

産んでくれた母親に、幼い頃から一緒だった婚約者、そして息子、親友。

大切にしなければいけない者達は、己のせいでいなくなってしまった。

国王である父親まで、手の届かない場所へ旅立とうとしている。彼を亡くせば城に残った王族は、エリオット一人だけになってしまうのだ。

その時、握り締めていた手が僅かに動いて。国王の唇が動いた。

「……」

声にならない声が漏れた直後、体から力が抜けて国王は二度と目覚めることのない眠りについた。

握っていた手が次第に冷たくなって固まっていく。

エリオットは自然と溢《あふ》れ出てくる涙を堪え切れず、シーツを掴んで嗚咽《おえつ》を漏らした。幸いにも、泣き声は外の雨音に掻き消され、誰の耳にも届くことはなかった。

父親を看取ってどのぐらい経っただろうか。

これからのことを考えようとしたが、頭の中が真っ白だ。廊下に出してしまった者達に国王の崩《ほう》御《ぎょ》を伝えなければいけないのに、体が鉛のように重かった。

しばらく動けずにいると、扉が叩かれて人の足音がいくつも聞こえた。

「陛下が今しがた崩御《ほうぎょ》された。次は、私が王になるのか……？」

静寂《せいじゃく》を打ち破って中へ押し寄せてきた者達は、ベッドを取り囲むようにして広がった。

エリオットは違和感を覚えつつ、彼らを見ずに訊ねた。

「……いいえ、次の王は貴方ではありません」

返答と共に、ベッドの上にいくつもの書類が舞い落ちてきた。

「これは」

「革新派の貴族より、国王の失脚《しっきゃく》を求める嘆願書になります」

その一枚に手を伸ばして取り上げると、署名欄にオグノア公爵の名があった。

他にもリオルを養子として引き取った辺境伯《へんきょうはく》や、今まで王家に忠実だった貴族の名が記されている。これまで中立派を守ってきた家門がこぞって革新派に寝返っているのを目の当たりにして、エリオットは息を呑んだ。

そして嘆願書の最後には先導者の名が記載されていた。

「……ユリウス」

「ボルビアン国を混乱に陥れ、王太子妃の呪いを利用しようとした疑いにより、貴方を拘束します。……エリオット王太子殿下」


——北の塔。


罪を犯した王族を収容する場所だ。

「悪いことをしたら北の塔に入れられると、母上が叱る時によく言っていたが……皮肉なものだ」

大人になってから入れられるとは。エリオットは切なげに笑った。

◇　◇　◇

エリオットは父親である国王の死を弔《とむら》う間もなく、公爵家の嫡男ユリウス・ド・オグノアの名の下、国を謀り、混乱を招いた疑いで捕らえられた。

貴族の中でも序列最上位にあるオグノア公爵家は、傍系《ぼうけい》王族でもある。

故に、王族を裁く立場としても申し分ない。ユリウス自身が追放された姉を思って先陣を切ったのか、それとも担ぎ上げられたのか。

久しぶりに会って対峙した彼は、セレンティーヌの元から泣き腫らした顔で戻ってきた時とはまるで違っていた。

あれは決心を固めた表情だった。何がユリウスを奮い立たせたのか、エリオットはゆっくり瞼《まぶた》を閉じた。

「……まさか、お前まで裏切るとは思わなかった……ハルミン」

外側から掛けられた鍵が外されて扉が開くと、見慣れた人物が入ってきた。

相変わらず神経質に整えれた服装のハルミンは、エリオットの言葉を受けても顔色一つ変えない。

「裏切る、ですか」

そう呟き、ハルミンは小さく肩を竦《すく》め、エリオットの座る椅子の前に立った。彼が無表情なのはいつものことなのに、今日は寒気を感じるような雰囲気があった。

「……お前は、違うと言うのか？」

裏切りを心外だと言わんばかりのハルミンの態度に、エリオットは眉根を寄せた。

すると、ハルミンは目の前にある椅子に腰を下ろしてきた。常に後ろに控えて補佐役に徹していた彼とは異なり、妙な威圧感がある。

椅子に座ったハルミンは流れるような動作で眼鏡を外し、懐から取り出した眼鏡拭きでレンズを拭いた。

「この眼鏡は、ブレスレットほどの効力はありませんが、呪いの前で正気《しょうき》を保てる魔道具です」

「なんだと……？　それを、一体いつから……」

動揺《どうよう》するエリオットに対し、ハルミンは拭いた眼鏡を持ち上げて見せる。

やはり表情ひとつ変えなかった。

いつも以上に落ち着いて見えるのは気のせいではない。長年一緒に過ごしてきたエリオットには、こういう時のハルミンが自分の気持ちを相手に悟られないように取り繕っていることを知っている。

「ネオシィスト王国での王太子妃の無礼な振る舞いについて謝罪に赴《おもむ》いた時にクロノス王太子よりいただきました」

「知っていて、黙っていたのか？」

ジュリエナの呪いを知っていながら、何もせず傍で仕えていたのか。

秘密を告白したハルミンは再び眼鏡を掛け、乾いた唇を指先でなぞった。

エリオットは震える声で「……なぜだ」と訊ねた。

これを裏切りと呼ばずに、何を裏切りと言うのだろうか。

信頼していた親友の行いに悲しめばいいのか、怒ればいいのか分からなくなる。

悔しそうに俯くエリオットに、ハルミンは静かに息を吐いた。

「その時にネオシィスト王国が同盟を求めてきました」

「なんだと？」

エリオットが驚くのも無理はない。

これまでボルビアン国は隣の大国に見向きもされなかった。山に囲まれた小さな国など、広大な土地を誇るネオシィスト王国にとっては、地図にあってないようなものだ。同盟を結んだところで、大国が得るものは限られてくる。

交流も形式上だけの付き合いだったのに、なぜ今頃になって手を伸ばしてきたのか。

エリオットは、漆黒《しっこく》の髪に真っ赤な瞳を思い出して顔をしかめた。

「ただし、クロノス王太子殿下より、彼に仕掛けようとした呪いの件について責任追及がございました」

「ネオシィスト王国の王太子殿下にいつ呪いを……！　まさかジュリエナを連れて行ったあの時に！」

「問題は真珠《しんじゅ》の件だけではなかったようです。他国の王太子に魅了を掛けるなど、戦争になってもおかしくありません」

相手から見れば、エリオットが妻を使って大国を乗っ取ろうと企んでいたと思われても不思議ではない。

問題が明るみに出れば国同士の争い事になる。

エリオットはテーブルに肘をつき、今にも破裂《はれつ》しそうな頭を抱えた。

「……それで、私に責任を取れというのだな」

「大国と戦争したらこの国は一瞬で火の海でしょう。国を存続させる為には貴方さえも欺《あざむ》かなければならなかったのです」

冬の訪れに多くの貴族が王都から離れている隙を狙い、流れる血を最小限に抑えた静かな謀反だった。王宮もまた国王の崩御《ほうぎょ》で混乱しているところだ。

流石と言うべきか、親友の描いた筋書きに思わず感嘆《かんたん》の息が漏れてしまう。

その時扉が叩かれて、外から「ユリウスです」と声が聞こえてきた。

返事をする気力もなく項垂《うなだ》れていると、ハルミンが代わりに「どうぞ、お入り下さい」と返してくれていた。

ユリウスがここに来たということは、何かしらの話があるのだろうと顔を上げた時、エリオットは驚きのあまり目を見開いた。

「話の邪魔だったたか？」

「貴方は……っ！」

ユリウスに続き、ゆっくりと扉を通ってきたのは緋色《ひいろ》の瞳を細めて薄く笑った隣国の王太子だった。

「久しいな、ボルビアン国の王太子」

「クロノス王太子殿下がなぜここに……!?」

顔を合わせた回数は少ないが、彼ほど印象に残る男はいない。

紺の外套《がいとう》の下には体のラインが分かるほどぴったりとした黒い軍服を着込み、胸元には金銀の勲章が重なるほどぶら下がっている。

多くの兵士を従えて近隣諸国を蹂躙《じゅうりん》し、ネオシィスト王国を現在の大国と呼ばれるまでに押し上げた立役者。戦場を駆ける姿はまさに戦鬼。帯剣した刃がいつ襲いかかってくるかという緊張感がある。

だが、本人は口の端を持ち上げ、片手をひらひらと振った。

「なぁに、これから同盟国となる以上、要請があればいつでも駆けつけるさ」

態度こそ飄々《ひょうひょう》としているが、緋色《ひいろ》の瞳には獲物《えもの》を見つめる獰猛な獣のような鋭さがあった。

颯爽《さっそう》と歩いてくる姿は王者のそれで、彼がまだ王太子の椅子に納まっているのが不思議だ。

思わず立ち上がってしまったエリオットとは違い、ハルミンは優雅な仕草で立ち上がって頭を下げた。テーブルに用意された椅子は二脚しかない為、ハルミンは座っていた場所を彼に譲った。

クロノスはその椅子に腰を下ろすと、長い足を組んでエリオットに座るよう目で促した。

呆然としたまま再び座り直したエリオットの背後にはハルミンが、クロノスの後ろにはユリウスが控える。

「……この雨の中をどうやって」

「我が国の魔導師は優秀でな。天候に関係なく山の傾斜でも楽に登れる乗り物を作ってくれたおかげだ」

まだ信じられない様子で見つめてしまうエリオットを、クロノスは顎を撫《な》でながら眺めている。

全て見透かされているような気分になって落ち着かない。何よりこちらは、罪に問われている王太子だ。堂々と向かい合うことができなかった。

「しかし、小娘一人によってこの有様とはな」

「……っ、他国の貴方に言われる筋合いはありません！」

クロノスの言葉を侮辱《ぶじょく》と受け取ったエリオットは、声を荒らげて彼を睨みつけた。

しかしその言葉を誰より自覚しているのはエリオット本人だ。ジュリエナに魅了され、幼い頃から一緒だった婚約者を冤罪《えんざい》で追放し、偽りの幸せに酔い痴《し》れていたのだから。

「エリオット……」

テーブルに身を乗り出そうとしたエリオットを、後ろにいたハルミンが肩を掴んで押し留める。

クロノスを守る為だったのか、それともエリオットを守る為だったのか。

どちらにしろ、よけい惨めな気持ちになった。

一方、クロノスは顎に触れていた手をテーブルに乗せ、人差し指で軽く叩き始めた。

「ふむ。まぁ今のは失言だった、許せ。あのような輩《やから》はどの国にでも現れるものだ。実のところ私も経験がある」

「それは、どういう……」

意外にも同じ経験があると言われて、エリオット達は目を丸くしてクロノスを見た。

皆から注視されたクロノスはトントンとテーブルを叩いた後、頭の中から引っ張り出すように過去の記憶を話し始めた。

「下級貴族にもかかわらず、自分を物語の主人公と信じ込んで王族に近づいてくる女が少なからずいた。我が国の大衆小説でもそのような話が人気でな。下の身分の者が身の丈に合わない相手と恋に落ち、相手の婚約者からの嫌がらせや虐《いじ》めに遭いながらも最後は恋に落ちた相手と結ばれる話だ」

覚えのある物語に、エリオットは息を呑んだ。

まさに自分達と同じ話ではないか。

「それが本の世界だけで終わればいいが、暴走した女が媚薬や魔術の類を使って相手の男を自分のものにしようとする事例が相次いだわけだ」

婚約者がいる者にはたまったものではない。

とくに政略結婚で結びついた婚約が破棄されたとあれば当人達だけの問題に収まらず、家同士での火種を生みかねない。貴族で争いが起これば当然王族にも飛び火してくる。

「クロノス殿下は、その……平気だったのですか?」

「正直、私も何度か危ない目に遭ったが、今の妃以外考えられなかった。彼女を悲しませるような真似は、許せなかっただろう。他の女性の前では常に気を張っていなければならなかった。今はこの通り、魔道具のおかげで事なきを得ている」

そう言ってクロノスは整った顔を歪めて苦笑した。彼なりに苦い思い出があったようだ。

彼が袖を捲《めく》って見せてくれた手首には銀のブレスレットがあった。その魔道具のおかげでジュリエナの呪いにも掛からずに済んだのだ。

もっと早く彼の話を聞いて、他国の品物に目を向けていたらこの事態は防げていたかもしれない。そう思うとやり切れなくなる。

「そういえばあの小娘だが、こちらで引き取って面倒を見てやろう」

「ジュリエナを、ですか？」

「名は知らんが、あれだけの能力だ。もっと調べてやらんとな。あぁ、もちろん大罪人として扱うから安心してくれ」

予想外の報告に目を丸くしたが、エリオットはすぐに表情を捨てた。

呪いで操られていたとはいえ、ジュリエナはエリオットの妻だった女性だ。クロノスは気を遣って知らせてくれたのだろう。

だが、今となってはジュリエナがどうなろうが関係なかった。自分の前で斬り殺されたところで悲しむこともない。

エリオットが「分かりました」と頷けば、クロノスは僅かに視線を持ち上げてハルミンに合図を送った。ジュリエナの処遇《しょぐう》は二人の間で取り交わされていたようだ。

「さて、邪魔しすぎたな」

これまでの会話にエリオットの処遇《しょぐう》は含まれていなかった。

それでもクロノスは満足した様子で椅子から立ち上がった。大国の王太子がわざわざ収監された小国の王太子の元にやって来て、こちらの身になる話だけして立ち去っていくのか。どこか気味の悪さを覚えてエリオットはクロノスを呼び止めた。

「本当に、同盟を結ぶ為だけに来たのですか……？」

「――勿論だ。私に何かあれば国境に控えた数十万の兵が黙ってはいないがな」

冗談でも言っているような口調だったが、鋭く光る赤い目に、エリオットはもちろん、ユリウスとハルミンも圧倒されて顔を強張らせた。

クロノスは口の端を持ち上げると手を振って部屋から出て行った。

もう二度と顔を合わせることはないだろう。エリオットは去っていくクロノスの背中を見送った。

「私もクロノス殿下のような王の器《うつわ》があったら、失わずに済んだのか……」

あれほどの男がまだ同じ王太子ということに驚く。エリオットがぽつりと本音を漏らすとハルミンは無言で答えた。ユリウスはクロノスに付いて出て行ってしまったのに、親友はまだそこに残っていた。気になって振り返ると、普段は顔色ひとつ変えないハルミンが、苦痛に歪んだ表情を浮かべていた。思わず名を呼ぼうとしたが、乾いた喉から漏れたのは声にならない声だった。

「――五年前、暴漢《ぼうかん》を使ってジュリエナを襲わせ、セレンティーヌ様を陥れたのは私です。愚かにも、呪いにかかった私が……セレンティーヌ様を、この国から追放したのです」

五年前の真実はまだ明らかにされていないのだと、親友の告白によってエリオットは悟った。

◇　◇　◇

ドルート前侯爵夫妻が小さな子供を連れて王城を訪れたのは、エリオットがまだ幼かった頃だ。彼の父親と同じ髪色と瞳をした彼は可愛らしく、初めて会った時は女の子かと思った。大きな瞳で見つめてきたハルミンは、エリオットの前で丁寧に頭を下げてきた。

ドルート前侯爵は「いつか息子は私の後を継いで、将来エリオット様とセレンティーヌ様にお仕えすることになるでしょう」と嬉しそうに語った。

以来、ハルミンはエリオットにとって、気心の知れた存在となった。

婚約者であったセレンティーヌとはまた違い、同性としてお互い刺激し合える友だった。

唯一の王位継承者として重荷を背負うエリオットを、セレンティーヌ同様に支えてくれた。誰より心強かった。

しかし、向かい合って座っている彼は今、エリオットの味方ではなかった。

「貴方は知らないでしょう。この国で大罪を犯した者は国外追放になりますが、彼らの大半は国境を出た直後に殺されているのですよ」

「なん、だと……？　だが、セレンティーヌは……」

死刑のないボルビアン国で最も重い刑である国外追放だ。

職人の集う穏やかなこの国は犯罪率が低く、また大罪を犯せば追放されることに脅え、実際追放される犯罪者は少なかった。

現に、セレンティーヌを追放して以降、追放者は出ていない。そして彼女は生きている。

国境付近で物取りに襲われたと言っていたが無事だった。

「セレス様ならご存知だったのかもしれません。国境を出たところで自分が殺されてしまうことを。あの方はいろいろなことを見通す方でしたから。ですから予《あらかじ》め助けてくださる方を、ご用意されていたのではないでしょうか？」

「馬鹿な！　セレンティーヌを襲った奴等は彼女と知っていて犯行に及んだというのか!?」

エリオットはテーブルを叩いて立ち上がった。

セレンティーヌが襲われたのは、最初から計画されていたことだったなど、全身の血が引いていくようだ。そして、本人もそれを知っていたなど、冗談にも程がある。

「ボルビアン国の情報を他国に流すわけにはいきません。国外追放と言いながら、実のところ国境を出たところでならず者に襲わせる手筈を整えていたのです」

「──っ！　追放したことで刑は執行されているんだぞ、誰がそんなことを!?」

冷たくなった指先を握り締めて、エリオットは声を張り上げた。

己の知らないところで暗躍している者がいる。唐突に恐ろしくなり、震える唇を噛み締めた。

「古い矜持《きょうじ》に縛られた貴族達ですよ、エリオット様」

「なに……？」

「保守派の上層部がそのようなことをずっと行ってきたようです」

ハルミンは諦めにも似た笑いを浮かべ、肩を竦《すく》めた。そんな親友の表情を見たのは初めてだ。

「お前はそれを、どこで……」

「宰相になる為には避けて通れませんから、父上に教えられました。死刑のない穏やかな国は、自国民の手を汚さずならず者に金銭を渡して秘密裏に大罪人を処刑させていたのです」

夢を語る子供の時は想像もしなかっただろう。

鈍器《どんき》で頭を殴られたような衝撃を受けて、エリオットは崩れ落ちるように椅子に座った。

「父上は、このことを……」

「黙認していたのでしょう。国を追われた者の安否に関してまで国の王が気に掛ける必要もありませんから」

「そうか。知っていて、彼女を国外追放にしたのか……」

セレンティーヌは偶然襲われて、奇跡的に助かったわけではなかった。

明確に彼女を闇に葬る意思があったのだ。

それを分かっていたら――いや、ジュリエナの魅了に掛かっていた以上、結果は同じだっただろう。最悪、この手で処分していたかもしれない。

ネオシィスト王国にいるセレンティーヌの元を訪れた時、彼女は怯えていた。

それもその筈だ。元婚約者とはいえ、自分を殺そうとしていた相手が会いに来たのだから。

エリオットは片手で額を押さえ、乾いた笑いを零《こぼ》した。

どこまで愚かなんだ。全てを知ってしまえば、セレンティーヌの元へ許しを乞いに行った自分が愚かすぎて言葉にならなかった。

「……ジュリエナを襲った男が追放後殺されたのも、そういうことか」

エリオットが訊ねるとハルミンの眉が僅かに動いた。

しかし、自己嫌悪に頭を抱えていたエリオットがそれに気づくことはなく、ハルミンから「ええ、そうです」と言われて溜め息をついた。

「セレンティーヌだけが生き延びたのだな」

肯定の代わりに眼鏡を押し上げたハルミンを見て、エリオットは肩を落とした。

二人で話し始めてからどのぐらいの時間が経っただろうか。

長く感じた時間は、実際のところそれほど過ぎてはいなかった。

だが、座っているのに体はずしりと重く、椅子から転げ落ちずにいるのが精一杯だった。

次々に明かされる真実に、顔色を悪くしたエリオットは額を撫《な》でた。

ボルビアン国は多くの者が犠牲を払って成り立っていた。己が見ていた自国の美しさは表面だけだったのだ。思い描いていた夢は粉々に砕け散った。

「私の父上はこの行いをよく思っていませんでした。それで議会で異議を唱え……」

国外追放が何を意味しているのか。

誰より知っていたのは宰相だったハルミンの父、ドルート前侯爵だ。

彼は誰よりも国王に忠実な男だった。

「その議会のあと事故は起こりました。細道の崖から馬車ごと転落して両親は亡くなりました。今になって思えば本当に事故だったのか、それとも父上をよく思わない保守派の仕業だったのか……」

息を呑んだところで、沈黙が訪れた。

ずっと傍で支えてくれていたハルミンが、国の汚れた秘密まで抱えているとは知らなかった。

自らの両親の死に疑惑を抱いていたことも。

「エリオット様、この国は他国の干渉を受けない分、一度腐敗《ふはい》してしまうと簡単には元には戻せないのです。この地に足を踏み入れてしまうと、二度と外には出られません。私は、まるで、ボルビアン国全体が舞台になっているような感覚を抱くことさえあります」

一度でもボルビアン国の国民になってしまうと、生きて国外に出ることができない。自ら降りることはできない舞台の上で永遠に踊らされている気分になる、とハルミンの漏らした言葉に、エリオットはぞわりとした。

「お前から見たら、私はさぞ滑稽《こっけい》だったろうな」

国の真実も知らず、ジュリエナの魅了に掛かったまま良いように踊らされている友の姿を傍で見つめ、彼は何を思っていたのだろうか。

エリオットが重い口を開くと、ハルミンは小さく首を振った。

「いいえ、ですが、私達は引き返せないところまできてしまったのです」

「――お前にとって、これはボルビアン国に対する復讐なのか？」

宰相になるという夢を抱きながら勉学に励んできた親友が、国の存続を守る為に行われてきた影の部分を知り、それによって両親を失ったかもしれないと気づいたのだ。

復讐心や怒りが湧いてもおかしくない。

「いいえ、違います。国に殺されたかもしれない両親のことは残念に思いますが……。こんな状況になっても、私は宰相になる夢を捨てきれなかったんです」

「それならどうして呪いのことも、お前の抱えていた秘密も話してくれなかったのだ！」

「私は、私の理想とする国の宰相になりたいのですよ」

眼鏡の奥にある瞳が冷たく光り、背筋が凍りつく。

何が、親友をここまで変えてしまったのだろう。

エリオットはハルミンが発した言葉の意味を察し、きつく拳を握り締めた。

「……それはお前の理想とする国に、私は不要ということか」

「世継《よつ》ぎをもうけることのできない王など役に立ちません。貴方がいることで次の王位継承者を決める際に新たな火種を生むことになるのでしたら、最初から排除しておけば良いのです」

「――……っ」

ジュリエナの呪いが解けてから、エリオットが女性と距離を取っていたことを、ハルミンも当然知っていた。

女性と肌を重ねることができないほどの恐怖心が生まれてしまったのだ。それでは世継《よつ》ぎなど到底無理だ。

血の繋がった息子は王位継承権を剥奪《はくだつ》され、辺境《へんきょう》の地へ送られた。

あとはエリオットがいなくなれば、ボルビアン国を治めていた王家は没落することになる。

「現在の王家が退けば、ネオシィスト王国は王太子妃の魅了についてそれ以上の追及はしないとのことでした。新国王には爵位《しゃくい》を継いだユリウス公爵が立つことでしょう。そして、長く閉ざされていたボルビアン国は新しい時代を迎えるのです」

「……そうか。ボルビアン国が私の命で続くというなら喜んで差し出すことにしよう」

平和で穏やかな、ボルビアン国という湯に浸かりすぎてしまったようだ。

王族である以上、他国から侵略を受けた時や謀反を起こされた時の身の振り方については、国王や教育係から教わっていた。

――王家は国と共にある。

もし、立場を追われるようなことがあれば、潔く身を捧げ、最後の血まで国に還す。

エリオットは顔を持ち上げ、最後の王族として定めに従った。

「……」

「ハルミン？」

抵抗することなく命を差し出すと申し出たエリオットに対し、それまで冷淡だったハルミンの表情が歪んだ。

彼は呆れたように息をつき、国王の失脚《しっきゃく》を求める嘆願書を再び懐に仕舞うと身なりを整えた。

「……ご安心ください。誰も貴方の死を望んではいません。例の嘆願書は、貴方を生かす前提で署名していただいたものです。全ての責任は陛下がお取りになります」

嘆願書に連なった署名を思い出してエリオットは目頭が熱くなった。

魅了の呪いに掛かり、王太子として取り返しのつかない事態を引き起こしたのに、命までは奪わないでほしいと望んでくれた彼らに心が揺さぶられる。

しかし、自分の代わりに父親が裁かれるなど、見て見ぬ振りはできなかった。

「まっ、待ってくれ！　父上は病で亡くなった。もう罪には問えない筈だ！」

「それは違います。ネオシィスト王国を謀り、我が国を危険に晒した罪により予《あらかじ》め処刑が決まっておりました。こちらとしては手間が省けた、というだけです。貴方は王位継承権剥奪《はくだつ》ののち、この塔で生涯幽閉《ゆうへい》となります」

「駄目だ、ハルミン！　一番の責任は私にある！　ジュリエナの呪いに掛かった私が悪かったのだ！　処罰なら私が受けるから！　父上は、どうか安らかに母上の元に……！」

話は終わったとばかりに椅子から立ち上がるハルミンを追うように、エリオットも立ち上がって彼に詰め寄った。

既に息を引き取った国王に、刑罰を言い渡すなど死者への冒涜《ぼうとく》だ。

亡くなった国王は何も知らないまま、この国で唯一処刑された暴君として名を残してしまうのだ。

エリオットはハルミンのズボンにしがみついた。

「ハル、ハルミン！　やめてくれ！　殺すなら私をっ！　父上を罪人にしないでくれ！」

「本当は貴方も殺される予定でした。ですが貴方はセレス様との契約がある故に生かされるのです。

ネオシィスト王国の王太子夫妻は彼女を気に入っておりましたから」

「……っ、私に生きた屍《しかばね》になれというのか！」

「セレス様を二度も悲しませるおつもりですか？」

セレンティーヌとの契約が自身の足枷《あしかせ》になるとは思いもよらなかった。

「セレス様には私から連絡し、貴方への荷物はここへ届けさせましょう」

「ハルミン、待っ……！　ダメだ、やめてくれっ！」

しがみついてくるエリオットの手を払い退け、ハルミンは眼鏡を押し上げた。

無様《ぶざま》に、床に崩れ落ちたエリオットは、離れていく親友の背を追いかけることができなかった。

見上げた視線の先に、苦痛を耐えるような友の顔があった。

嗚呼、そうか。

お前は私の命を助ける為にずっと動いていたのか。

署名を集めたのも、自分を恨むように仕向けたのも、全てエリオットを生かす為だったのだ。

あれだけ傍にいたのに、ハルミンの苦悩も知らずに今になって如何に自分が守られてきたのか思い知らされた。

悔やんでも、感謝の言葉すら届けられない。

扉が開いてその姿が消えるまで、ハルミンの名を叫んだが彼が戻ってくることはなかった。

「――……っ、あぁぁぁっ！」

響き渡ったエリオットの慟哭《どうこく》は北の塔に木霊《こだま》した。

◆　◆　◆

北の塔の一室から出てきた二人は、長く続く階段を降りながら時折、雨と霧に包まれた外の景色を眺めた。

「ボルビアン国の王太子……。セレスの言っていた通り、実直で優しい男だったな。このような事態になっていなければ、さぞ慈悲深い王になっていたものを」

独り言のように呟いたクロノスは、やれやれと肩を竦《すく》めた。

もっと早くこの国の状況を知っていたら救いの手を差し伸べていたかもしれない。セレスもハルミンも、彼らがエリオットを助けたいと考えた理由が少し分かる気がした。

それにしても、ボルビアン国の古くから続く風潮が王家を破滅に導くなど、笑えない話だ。

「クロノス王太子殿下、国境に兵士を待機させているのは本当ですか？」

呆れるクロノスに、一歩遅れてやって来たユリウスが緊張した面持ちで訊ねた。

エリオットが最後に、本当に同盟を結ぶ為に来たのか訊ねていたのが、ユリウスの不安を煽《あお》ったのだろう。クロノスは振り返ることなく、階段を下りながら答えた。

「同盟に、すべての貴族が賛同したわけではないだろう」

「それは……申し訳ありません。古くから王家に忠誠《ちゅうせい》を誓っている騎士の家がまだ」

「いつの時代も国の変革には犠牲を伴う。早々に戴冠式《たいかんしき》を挙げ、我が国と同盟を結ぶ必要があるな」

「覚悟は、できております」

その為に、これまで中立を保っていた貴族の元に出向き、革新派に寝返らせたのだ。

ユリウスは国を、ハルミンは親友を、失わない為にここまでやってきた。

本当なら守るべきこの国、望んでいた未来は既にジュリエナの魅了が解けた瞬間に打ち砕かれている。それでも、ボルビアン国に生まれた者として、立ち上がらなければいけなかった。

それが良いように担ぎ上げられた王になることだとしても。

「そう畏まるな。お前はこの国の王となる人だ。そうなれば私のほうが立場は下になる……今はな。それより同盟を結んだ暁《あかつき》には、私の妹を嫁がせたいのだが」

「……よろしいのですか？　まだ安定しない国に大切な妹君を嫁がせるなど」

「問題ない。……やや跳ねっ返りだが、大国の王女として育ってきただけあって、よほどのことがない限り折れることはない」

しかし、クロノスは歯切れが悪い様子で「果たして納得してくれるか」と、珍しく困惑《こんわく》を兄の顔を覗かせた。

王家を失脚《しっきゃく》させた後はユリウスが王となり、他国の姫を迎えることになっていた。それが隣国から迎え入れるなど、願ってもないことだ。

まさにボルビアン国にとっては歴史的な瞬間になるだろう。

「ボルビアン国の新たな王よ」

不意に立ち止まったクロノスは振り返ってユリウスを見上げた。ユリウスも思わず立ち止まって見つめ返す。

「お前はこれからこの国をどうしたい？」

「私は」

唐突な質問に、ユリウスは戸惑った。自分が国の頂点に立つなど思っていなかったのだから。いつか王妃となる姉を支えることが、小さい頃からの夢だった。優秀な姉はユリウスにとって自慢であり、憧れだった。

「――お前の望みはなんだ？」

緋色《ひいろ》の瞳に見つめられて息が詰まる。自分の足はきちんと地についているのだろうか。目の前の相手に踊らされているのではないだろうか。

しかし、一度転がり出した物語は引き返せないことを知っている。

隣国で追放された姉と再会した瞬間、二度と元には戻せない現実があることを突きつけられた。

ユリウスは立ち止まっていた足を動かして、クロノスを追い越した。

あの頃、姉たちとの間にあった二歳の年の差が悔しかった。必死に追い付きたくて寝る間も惜しんで勉学に励んだ。憧れの彼らと肩を並べたくて。

だが、彼らの背中はもうない。

ユリウスが進む先に待っていてくれる仲間は誰一人残っていなかった。

降り続いていた雨が止むと、ボルビアン国は瞬く間に雪で覆われた。

白い壁によって閉ざされた国では、雪解《ゆきど》けと同時に新たな王が誕生した。

保守派は突然知らされた報告に反発し、王城の周辺では数日に渡って争いが続いた。

しかし、同盟国となったネオシィスト王国の騎士が王城を囲み、敵陣の騎士の侵入を一切許さなかった。鉄壁の守りを見せたネオシィスト王国との圧倒的な力の差を前にして、戦うまでもなく勝負は既についていた。

決定的だったのは隣国の王太子が、ボルビアン国が誇る騎士団総長の首を取ったことだろう。それによって敵陣の騎士は戦意喪失して大人しく降伏した。既に前国王の処刑が済み、王太子は幽閉《ゆうへい》されてしまったことで、状況を覆すのは難しかった。

新国王となったユリウスはまず、貴族達を集め、改めて五年前の真相を話し始めた。

彼にとっては実姉の無実と、義理姉の犯した罪の告白となった。

ユリウスの隣では宰相の肩書きを手に入れたハルミンが静かに佇んでいた。

ボルビアン国はネオシィスト王国との同盟により改革が急速に進み、良くも悪くも大きく発展していった。

一方、北の塔には数ヶ月に一度、小さな贈り物が届けられていた。

封を開けると刺繍《ししゅう》のされたハンカチが入っていた。

それは北の塔に住人がいる間、途切れることなく続いたという。

第七章　名もなき傭兵《ようへい》の密事

――決して知られてはいけない。


五年前のあの日、ヴァンはセレンティーヌが追放されてくるのをずっと待っていた。

婚約者に断罪され、身分を剥奪《はくだつ》されて命の危機に晒されるという彼女を。

自国を追われる彼女に、呪いや毒を見破る魔道具を渡さなかった。渡していたら彼女は迷うことなく愛する婚約者に使っていただろう。そうすれば彼女の罪は取り消され、ボルビアン国の王太子妃として手の届かない存在になっていた。

自分には彼女を助ける力があったのに、助けなかった。

卑怯《ひきょう》で、最低な行為だ。それでも手放したくなかった……

たとえ彼女の罪が冤罪《えんざい》でなかったとしても、彼女のすべてを受け入れていただろう。

誰にも奪われたくない。

助けを求めて、たった一人でネオシィスト王国にやって来た彼女《セレス》を。

◇　◇　◇

『魔道具』――魔導師によって作られた道具は、軽く魔力を流し込むだけで様々な働きを見せた。何もないところに火をおこし、水を流し、風を運んでくる。それらはネオシィスト王国の民には必要不可欠なものだった。

魔道具の種類はどんどん増え、その内容も変わっていった。次第に、生活を助ける魔道具だけではなく、娯楽《ごらく》や人々の暮らしを豊かにする魔道具が増えたのだ。

理由はいくつかある。一つはネオシィスト王国の若き王太子クロノスが積極的に他国へ手を伸ばし、交易を結んだことで、新たな品物が入ってきたことだ。魔導師たちはそれらを見て、様々なアイデアを生み出したという。

また、クロノスは魔道具の向上こそが国の発展に繋がると宣言し、魔法学園の無料化を進めた。それに加え魔導師には国家資格を与えられ、生涯の安定が約束された。これによって魔導師の人数は数倍に跳ね上がった。

そしてもうひとつ。とある一人の魔導師の登場だ。

ヴァン・サンディーロ。魔導師なら必ず一度は耳にする名前だ。

ヴァンを表現する呼び方は色々ある。希代《きたい》の天才、魔導師の申し子、神の御使い……。魔法学園を飛び級で卒業し、十六歳という若さで魔導師になった鬼才だ。最年少の魔導師というだけでなく、サンディーロという家名が彼の価値を上げた。

サンディーロ侯爵家。ネオシィスト王国の名門中の名門で、最も多くの魔導師を輩出《はいしゅつ》してきた家門である。侯爵家の大半は王宮仕えの魔導師となり、魔道具の発展に貢献してきた。王室が侯爵家に寄せる信頼は厚く、侯爵家の力は三大公爵家を凌ぐほど強大だった。

そんな侯爵家も問題がなかったわけではない。彼らは跡継ぎについて揺れていた。

ヴァンには八歳年上の兄と、三歳年上の姉がいた。

兄のヴィンターは弟のヴァンと比べると魔力や技術面でやや劣っていたが、彼も魔法学園を首席で卒業した秀才だ。卒業後は王宮内の魔導開発部に勤めている。

姉のシャロルは、魔導師としての才能はなかったが、商人気質な母親の影響を受けて貴族が通う学園に通う傍《かたわ》ら、経済学に打ち込んでいた。

両親は三人の子供に対し平等に愛情を注いでいた。

だが、欲深い親戚《しんせき》や臣下達が跡継ぎ問題に口を挟むようになってきた。

侯爵家に長く仕えてきた者達は長男のヴィンターを、親戚《しんせき》達はヴァンを推していた。

ヴァンが最年少で魔導師になると跡継ぎ問題は過熱し、これまで仲の良かったヴィンターとヴァンの関係も拗《こじ》れていった。周囲によって引き裂かれた兄弟は、同じ屋敷《やしき》に暮らしながらもお互いを避けるように過ごしてきた。

そんな二人に心を痛めていた両親だったが、ヴァンが成人を迎えて間もなく、屋敷《やしき》内で毒殺された。犯人は信頼を置いていたメイドだった。

メイドはすぐに姿を消したが、ヴィンターの迅速な行動により逃げているところを捕まえることができた。引き摺られるように連れられてきたメイドは、人質にされた家族を助ける為に、侯爵夫妻に毒を飲ませるしかなかったと涙ながらに告白してきた。

その裏には、ヴァンを跡継ぎにと熱心に訴えていた親戚《しんせき》の影があった。両親は、順当《じゅんとう》に兄であるヴィンターを跡継ぎにしようとしていた。彼らにとってその存在は邪魔だったのだろう。

結局、実行犯であったメイドを裁くことしかできず、ヴァン達は両親を失った。

葬式は盛大に行われた。公務で忙しかった国王陛下に代わって王太子のクロノスも参列してくれた。

——なぜ、両親は殺されなければいけなかったのか。

突然の出来事に、悲しむこともできなかった。涙も出てこなかった。胸にぽっかり穴が空いたような喪失感に襲われ、ただ自分の無力さを思い知らされた。何が天才だ。何が最年少の魔導師だ。同じ屋根の下にいたのに。毒を飲んで苦しむ両親を救ってやることができなかった。

それでも周囲は黙っていてくれなかった。

ヴァンは気持ちを落ち着かせようと人気のない屋敷《やしき》の裏に足を運ぶと、言い争う男達の声が聞こえた。

「いい加減にしてくださいっ！」

今怒鳴った声には覚えがある。兄のヴィンターだ。普段は温厚で怒ったことなどほとんどないヴィンターが、珍しく声を荒らげていた。ヴァンは気配を消して近づいた。

「弟が当主の座を望むのなら、私は受け入れます。ですが貴方達はヴァンの意思も確認せず、ただ担ぎ上げているだけだ。兄として黙っているわけにはいきません！」

「だがなぁ、侯爵家の今後の利益の為にも、お前より優れているヴァンが当主になったほうが皆も納得するだろう」

ヴィンターと話していたのはとある子爵家の当主だった。親戚《しんせき》筋にあたる家で、侯爵家で開発された魔道具の販売を担っていた。当主の男はでっぷりと太った肉体を揺らして、ヴィンターに言い寄っている。その姿は欲の皮を被った貪汚《たんお》な獣のようだった。

「言いたいことはそれだけですか？　まだ私達の両親を殺した黒幕も見つかっていないのに、もう侯爵家の利益を心配してくれるとは涙が出ますね」

怒りを押し殺した低い声に、背筋が寒くなる。今まで見たこともない兄の姿に、ヴァンは拳を握り締めた。

自分達には優しく接してくれていたヴィンターだが、侯爵家の長男なのだ。

ヴィンターの威圧感に何も言えなくなってしまった子爵は舌打ちだけして離れていった。

これまでもきっと、自分は知らないところで兄に助けられていた筈だ。ヴァンは、毅然とした態度で子爵を追い払った兄の横顔を見つめ、自分もまたその場から離れた。

このままでは駄目だ。守られているだけじゃ……

自室に向かう廊下を歩きながら、ヴァンの胸にはひとつの答えが出ていた。ちょうどその時、反対側から黒いドレス姿で駆けてくるシャロルの姿が見えた。

「ヴァン、一体どこに行っていたの⁉ お兄様も見当たらないし、わたくしを一人にするなんて酷いわっ！」

シャロルは泣き腫らした目で、ヴァンの腕に飛び込んできた。


——いつから、姉さんはこんなに小さくなってしまったんだろうか？


いいや、違う。自分が気づかなかっただけで、ヴァンの体はとうの昔にシャロルよりも大きくなっていた。

兄と姉に守られて、ただ、心だけが成長しないままだった。ヴァンはシャロルの腕を掴み、同じ金色の瞳を見つめて口を開いた。

「姉さん……俺、家を出るよ」

「いきなり何を言い出すの、ヴァン⁉　お父様とお母様が亡くなった今、わたくし達三人でサンディーロ家を支えていかなければ……！」

シャロルの言う通り、何の前触《まえぶ》れもなく両親を失った損失は大きい。

けれど、自分がいるせいで団結しなければいけない侯爵家がバラバラになるなら、いっそ消えてしまったほうがいい。

「ヴァン、貴方が犠牲になる必要はないのよ！」

「ごめん、シャロル姉さん。これ以上、兄さんに苦労は掛けたくないんだ。それに……大好きな魔道具作りを、嫌いになりたくない」

分かってほしい、と言い聞かせるように言葉を紡ぐと、シャロルは唇を噛んで涙を流した。

少ない選択肢の内で、どれが正解なのか分からない。

「……分かったわ。でもきちんと連絡はよこして」

「分かってるよ。俺、兄さんや姉さんのこと愛してる」

「わたくしもよ」

ただ、今の自分にできることを考えた結果だった。

ヴァンは震えるシャロルを抱きしめ、もう一度謝ってから離れた。

そして侯爵夫妻が亡くなって間もなく、長男のヴィンターが侯爵家の新たな当主になると、ヴァン・サンディーロは表舞台から姿を消した。

◇　◇　◇

ネオシィスト王国の王都は広い。

王城に近い場所には上級貴族が暮らす屋敷《やしき》があり、貴族街を抜けると爵位《しゃくい》を持たない平民の市井《しせい》がある。さらに王城から最も離れた外壁付近は貧民街だ。

王宮からの物資を頼りに生きている者が多く、表立って暮らせない犯罪者や訳ありの者が集まった居住区でもあった。

傭兵《ようへい》として一仕事を終えてきた男は、住み慣れてきた領域に足を踏み入れると被っていたフードを外した。端整な顔立ちに褐色《かっしょく》の肌、焦げ茶色の髪の下には鋭く光る金色の瞳。屋敷《やしき》から離れて一年余り、すっかり男らしく成長したヴァンが貧民街の道を歩いていく。

「ヴァン、今帰りかい？」

「バーバラさん！」

家の近くまで来た時、外で洗濯物をしていたふくよかな女性に声をかけられた。

ヴァンは親しげに片手を上げて応える。

「暫《しばら》くアンタの姿が見えなくてうちの子供が心配してたよ」

「ちょっと仕事で王都から離れてたんで」

「そうかい！　でも無事で何よりだ。またうちの子供とも遊んでやってくれ」

「もちろんっすよ！」

にっかりと笑ったバーバラは、貧民街で暮らしている者とは思えないほど明るく、そして逞しい女性だった。

近所の空き家に住み着いたヴァンにも、素性を訊ねることなく普通に接してくれた。

元々身寄りのなかった孤児のバーバラは、ある男爵家の下女として働いていたそうだ。

しかし、男爵家の三男と恋仲になって、息子を誘惑したと母親の怒りを買ってしまい、屋敷《やしき》を追い出されて全てを失った。

そんなバーバラを助けたのが、当時貧民街を取り仕切っていた男――現在のバーバラの夫だった。

貧民街が他の国と比べて犯罪も少なく、王宮の配給が途絶えることなく続いているのは彼のおかげだろう。

昔は貴族のようだったが、ヴァンの情報網を使っても詳しく探ることはできなかった。ただ、向こうもヴァンに関しては見て見ぬ振りをしてくれているようだ。

ちなみにバーバラは、現在四人目の子供を妊娠中だ。

あの様子ならあともう一人ぐらい産むかもしれない。

貧民街はおしどり夫婦のおかげで、今日も平和だ。

バーバラの家から少し歩いたところにヴァンの家はあった。

二階建ての傾きかけたボロボロの木造家だ。裏は森に囲まれており、泥棒《どろぼう》も避けて通るような佇まいだ。ヴァンは床を軋ませながら家の中を歩いて、分厚い扉の前で立ち止まった。

サンディーロ侯爵家から飛び出してきて一年が過ぎた。その一年の間に、様々なことが起こった。

姉のシャロルが王太子の婚約者になり、半年の婚約期間を経て婚姻した。

婚姻式で、王太子と馬車に乗って群衆《ぐんしゅう》の中を過ぎていく姉は今までで一番綺麗だった。遠くから見物していたヴァンは、シャロルの幸せを心から願った。

一方、サンディーロ侯爵家では両親を殺害した真犯人が分かった。葬式の日ヴィンターと言い合っていた子爵だ。子爵は捕らえられ、爵位《しゃくい》の剥奪《はくだつ》と家門の取り潰しが決まった。

だが、三大公爵家の一つが子爵と繋がっており、公爵家がサンディーロ家の力を削ぐためにヴァンの両親を消したのではないかと噂された。

そして、取り調べの途中で子爵はシーツを首に巻いて自殺した。

果たしてそれが自殺だったのか、他殺だったのか。

裁かれるべき人間が亡くなったことで、真実は闇に葬られた。

こんな混乱の中でも、サンディーロ侯爵家は当主ヴィンターのおかげで、両親が生きていた時と変わらない事業を展開できているようだ。一時は反発していた親戚《しんせき》達も、今ではヴィンターの手腕《しゅわん》を認めている。

やはり自分の行動は正しかった。

ヴァンは外套《がいとう》を脱ぎ、扉の横に置いてある箱に手を乗せた。今は傭兵《ようへい》として護衛や、盗賊団の壊滅に協力したりと魔導師からは程遠い生活をしながら暮らしている。

けれど、一度たりとも魔道具作りから離れたことはない。

手の指紋《しもん》が認証されると扉が勝手に開き、優しい光の中へ足を踏み入れると、地下から吹き抜けになった空間には、屋敷《やしき》から出た後も絶えず作ってきた数多くの魔道具が眠っていた。

「ただいま。父さん、母さん……」

並べられた魔道具の近くには一枚の肖像画が飾られていた。三人の子供に囲まれて幸せそうに笑う、前サンディーロ侯爵夫妻の姿であった。

ヴァンは傭兵《ようへい》として働く傍《かたわ》ら、時間が許される限り魔道具作りに没頭していた。

幸い、侯爵家にいた時に稼いだ膨大な資金のおかげで、隠れ家になる家を建てることが出来た。

それに、一人になってからは本当に作りたいものだけを作れるようになった。しがらみから抜けて自由に。

ただ、完璧な魔道具を作ることは出来ても、発想して提案書を作成するのは苦手な分野だ。

「人を雇うにしても、魔道具でもないのに発案できるヤツなんかいないだろうし。姉さんなら人脈ありそうだから今度訊ねてみるか」

作ったばかりの眼鏡型の魔道具を確認していると、滅多に鳴らないアラームが訪問者を知らせた。

時刻は夜も深まった深夜近く。

ヴァンは剣を腰に差し、ドアに近づいた。すると、薄いドアがコンコンと叩かれた。

「こんな夜中に誰だ？」

警戒しながらドアに近づいて訊ねると、若い男の声がした。

「ヴァン・サンディーロ様でいらっしゃいますか？」

「……何か用か？」

家門まで出してきたということは貴族絡みで間違いない。警戒しつつもヴァンはドアを開いた。幸い、相手からは殺気などは感じられない。相手の顔を拝もうと視線を上げたところで、ヴァンは顔を顰《しか》めた。

「私はクロノス王太子殿下の遣いで参りました。貴方の姉君のことで至急登城願います」

「シャロル姉さん……？」

「詳しくは王宮で説明致します。一緒にいらして下さい」

疑う必要はなかった。男が着ていたのは王族の近衛騎士にのみ許された白と青を基調とした軍服だった。

ヴァンは緊急を要する出迎えに内心焦りつつ、紋章《もんしょう》の入っていない馬車に乗り込んだ。一応、ここへ来るのに気を使ってくれたらしい。だが、彼らをわざわざ寄越《よこ》すぐらい緊迫した事態に鼓動が早くなる。ヴァンは姉の無事を祈った。

王城に到着すると、近衛騎士のおかげで姉が暮らしているであろう王太子の宮殿まで、すんなり足を踏み入れることができた。

「――来たか」

ヴァンを出迎えたのは王太子のクロノスだった。

シャロルと婚姻したことで義理の兄になるわけだが、顔を合わせたのはこれが初めてだ。

目の前に立たれているだけなのに、クロノスの威圧感が肌に伝わってくる。ヴァンはその場に片膝をついて頭を垂れた。

「クロノス王太子殿下に、ご挨拶……」

「今はいい。それよりこっちだ。――シャロルが毒を飲まされた」

「な……っ!?」

「すでに危険な状態から脱して命に別状はないが、弟のお前にも伝えねばと思ってここへ呼んだ」

部屋には今、クロノスと彼の従者《じゅうしゃ》が一人。そして大きなベッドに横たわるシャロルしかいない。

他の者達は廊下に出され、人払いされていた。ヴァンはふらふらと立ち上がりベッドに近づいて、真っ青な顔で眠るシャロルを見下ろした。


――どうして、姉さんまで……

両親と同じように毒を飲まされるなんて、一体誰がこんなことをしたのか。

シャロルは、侯爵家を出たヴァンのことも姉として気にかけてくれた。手紙を出せば必ず返事をくれる。そこには侯爵家の様子や、クロノスと結婚してからの様子や、ヴァンの体を気遣う文面が書かれていた。

そんな優しい姉が毒を飲まされるなんて、どんな相手の恨みを買ったのだろうか。

「犯人は下級貴族の娘だ。シャロルの侍女として働いていた女が、運んできたお茶に毒を混ぜていた」

「教えてくださり、感謝致します……」

憔悴しきった様子のシャロルの頬を指先でなぞり、ヴァンはぎりっと歯噛みした。

その時、背後から全身に鳥肌が立つほどの恐ろしい気配を感じて反射的に振り返った。

「――悔しいか？　私は悔しい」

両腕を組んだクロノスが傍まで来ていた。

婚姻して間もない妻を殺されかけたのだ。

二人は王太子と侯爵令嬢の立場にあったが、政略結婚ではなく恋愛結婚だった。

両親の葬式で毅然と振る舞うシャロルに一目惚れしたクロノスが、それまで上がっていた婚約者候補を一蹴してシャロルを婚約者にした。強引ではあったが、サンディーロ侯爵家の令嬢となれば血筋として問題ない。

ただ、サンディーロ侯爵家の力が増すことをよく思わない連中はいた。

「両親に続いて、姉までこんな目に遭わされて」

「それは、……当然悔しいです」

「私も毒を飲ませた者達が憎い。だが、それ以上に彼女を守れなかった自分が憎い。シャロルを失いそうになって、二度と彼女の笑う顔が見れなくなったらと思ったら心底恐ろしくなった」

「殿下……」

「もう一度聞く。お前は大切な者が殺されそうになって悔しくはないか？」

悔しいに決まっている。ずっと自分を守ってきてくれた家族に、自分はまだ何も返せていない。両親の時のように、感謝の言葉も伝えられないまま二度と会えなくなると考えたら恐ろしくなった。

「お前なら、この悲劇を回避するための魔道具が作れるんじゃないのか？」

「――――」

「私の直属の部下になれ、ヴァン。いつまで身を隠して生きていくつもりだ？」

「……ですが、私は家を出た身で」

「サンディーロ家とは関係ない。お前は私の義弟だ。個人的に親しくして何も問題あるまい。それに、お前だって魔道具を、いつまでも屋敷《やしき》の中で眠らせておきたくはないだろ？」

「なぜ、それを」

「ヴァン・サンディーロが魔道具を作らずにいるなど考えられない。お前達は兄弟揃って魔道具作りが好きなようだからな」

推測《すいそく》されたのか、それとも調べられたのか。クロノスの目がどこに隠れているか分からないが、少なくとも彼の前で隠し事は出来そうにない。

何より姉のシャロルを深く愛してくれる男だ。敵対する気は更々なかった。

それに、もし味方になればこれほど心強い存在はない。サンディーロ侯爵家が戦わなければいけない相手は、王族に近い家門なのだから。

「今まで散々、シャロルに心配をかけてきたんだ。その分しっかり働いてもらうぞ」

「――王太子殿下の仰せの通りに」

クロノスの元なら両親の死の真実を暴《あば》くこともできる。魔導師としても満足に使ってもらえそうだ。

ヴァンはその日、これ以上大切なものを奪われない為に、ネオシィスト王国の王太子に忠誠《ちゅうせい》を誓った。

◇　◇　◇

季節は巡り、ネオシィスト王国の王太子夫妻に第一子となる王子が誕生した。

同時に、王太子妃として確固《かっこ》たる地位を手に入れたシャロルの警備は、以前に増して厳しくなった。

「ヴァンさん、疲れた顔をしてますね」

茶髪の猫っ毛を揺らしながらヴァンについてくるのはクロノスの従者《じゅうしゃ》だ。

平民出身だが、あのクロノスが傍に置くほど信頼しているということは、かなりの実力の持ち主なのだろう。見た目は小柄だが、その立ち居振る舞いには隙がない。騎士というよりは暗殺者に近い匂いがする。

まさかな、と思いつつ、本名かどうかも分からない「セオ」と名乗った青年に返事をした。

「……っせーな。お前の主君が無茶振りしてきて寝てねーんだよ」

「またまたぁ。そんなこと言って本当は嬉しいくせに！　丹精込めて作った魔道具が多くの人に使って貰えて良かったっすね」

礼儀作法を重んじる貴族相手だと咎《とが》められそうな軽口だが、ヴァンにとっては親しみやすかった。

それにセオは相手に合わせて言葉遣いを変えている。時々憎らしくもなるが、許してしまう自分がいる。

「ところで、今日は何の用事だ？」

「それは内緒ですねぇ。クロノス殿下から直接教えてもらったほうがいいっすよ。ヴァンさんにとっては良いことっすから」

「……半年ぐらい休ませてくれるとか？」

「それはないっす」

至極真面目な顔つきできっぱりと言われてヴァンは舌打ちした。

どうせなら暫《しばら》く休ませてほしい。

失敗したな、と思った時には大抵が手遅れだ。

クロノスの直属の部下兼専属の魔導師になってから、ヴァンの仕事は睡眠時間を削っても追いつかなくなった。

そう、クロノスは部下に容赦《ようしゃ》がなかった。文句の一つでも言いたいところだが、命令する本人が一番働いているというのだから喉まで出かかった言葉は呑み込んでいる。

王太子の執務室では積み上がった書類を次々に処理していくクロノスがいた。

「そこにある書類に目を通してみろ」

「分かりました」

こちらには目もくれず、気配だけでヴァンがいることを感じ取ったクロノスは右手を振って指示を出した。クロノスの後ろに控えたセオは書類を確認したあとのヴァンの反応を読んでいるかのように笑っていた。

少々癇《かん》に障《さわ》ったが、クロノスの命令に従ってソファーに座り、テーブルに広がった書類に手を伸ばす。

一枚、さらに一枚、と目を通していくと同時にヴァンは目を見開いた。

無意識に「嘘だろ？」と口から漏れる。

ヴァンが手にしたのは見たこともない多くの魔道具の発案書だった。

魔道具の完成図に加えて、細かい仕組みと設定が書き込まれている。なかなかややこしい仕組みだったが読みづらくはなく、他人が見ても理解できるように簡潔な文章で纏まっていた。

これを書いた者は、未来の世界でも駈けてきたようだ。

未知の魔道具を次々に発案するなんて、どんな想像力をしているのかと我が目を疑った。

「どうだ、作れそうか？」

「これは一体……っ！」

夢中で発案書を読んでいると、クロノスが向かいのソファーに座ってきた。

セオが言っていた「良いこと」の意味を理解して、ヴァンの心は震えた。魔道具の世界が、一瞬にして広がった気がする。興奮して体温が上昇しているのが分かった。

「まぁ落ち着け。これはある者が、我が国の魔道具に興味を示して遊び半分で書いたものだ」

「遊び、半分？」

「驚くのも無理はない。私も見せられた時は茶を噴いた」

「そうですね～。あんなに狼狽《うろた》える殿下は珍しくて面白かったです」

二人の話に割って入るようにしてセオが教えてくれた。クロノスは軽く振り返ってお喋りな従者《じゅうしゃ》を睨みつける。

セオは「それじゃ、私はこれで」と自ら頭を下げて部屋から出て行ってしまった。さすがクロノスの従者《じゅうしゃ》なだけあって肝っ玉が据わっている。殺されない自信がある証拠だ。

「あの、これを書いた人に会わせてほしいんですが」

ヴァンは真剣な顔でクロノスに頼んだ。

どうやってこの道具を思いついたのか。なぜこんなに詳しく書けるのか。今まで同じ物を使ったことがあるのか。訊ねたいことは山程あった。けれど、クロノスの反応は思わしくなかった。

「実は我が国の民ではない。本人も、自分が書いたものにどれほど価値があるのか分かっていないだろう」

会わせられなくはないが、と曖昧《あいまい》に言葉を濁されて、ヴァンは手にしていた紙を見下ろした。

『デンシャ』と書かれた発案書には、窓がいくつもついた四角い箱が描かれていた。これが乗り物になるというのか。基本的には、鉱山などで使われているトロッコと同じ原理だったが、この乗り物は何もない道に魔道具でレールを出現できないかと書かれている。

こんなこと誰が考えるだろうか。ヴァンは紙を握り締めて、武者震いした。

「それじゃ、せめて名前だけでも」

「お前にしてはやけに粘るな。それだけ興味が湧いたか」

最初からこれが目的だったくせに。

しかし、ヴァンは素直に視線を上げて頷いた。きっと今自分は、プレゼントを与えられた子供のように目を輝かせているに違いない。それだけ創作意欲を刺激されている。

「いいだろう、教えてやる。彼女の名はセレンティーヌだ」

「セレン……女性なんですか」

「ああ、お前好みの美人だ」

それはますます会ってみたくなるじゃないか。

悔しそうに表情を歪ませると、クロノスは「いずれ会わせてやる」と約束してくれた。その前に、やることがあるだろうと目で促され、ヴァンは散らばった書類をかき集めて一つに纏めた。

「――分かりました。これほど凄い発案書を渡されて泣き言は言えないですね」

「その通りだ。まずはお前が開発を手掛け、王宮の魔導師でも優秀な者を集めて製作にあたれ」

「王宮内どころか国中が大騒ぎになりますよ？」

「ああ、願ってもないことだ」

「……次はどこの国を落とすつもりですか？」

「ハッ、そう見えるか？」

ヴァンの言葉に、クロノスは薄笑いを浮かべながら口元を指先でなぞった。

以前、国の祭典に招いた同盟国の王子が、美しく着飾ったシャロルを口説いているところをクロノスに見つかり怒りを買った。愛する妻に手を出されたクロノスは、最新の魔道具を導入し、大軍を率いて一月《ひとつき》もしない内に同盟国を占領してしまった。

同盟国は真珠《しんじゅ》の生産地で、かつては海の境界線を巡って対立したこともある。クロノスは手に入れた国を丸ごとシャロルに贈った。一時は頭を抱えた国王も「潰してしまったのならば仕方ない」と、息子の独断的な行動を許すしかなかった。

国王もまた愛妻家だ。クロノスが行動を起こすきっかけが、自らの妻に手を出されたことだと聞かされて認めざる得なかった。

以来、シャロルは王室で影の支配者と揶揄《やゆ》された。

王太子妃を侮辱《ぶじょく》し、手を出した者には王太子からの容赦《ようしゃ》ない報復があると知らしめたのである。

「欲しい国はあるが……」

「聞かなかったことにします。では、俺はこれで。暫《しばら》く引き籠もるので、仕事は他の方にお願いします」

早く帰って魔道具作りに勤しみたいヴァンは、落ち着かない様子で立ち上がった。頭の中にはすでに必要な道具や設計図が浮かんでいる。だが、急いで帰ろうとするヴァンを、クロノスは呼び止めた。

「ヴァン、シャロルに挨拶してから帰らないと、一週間は毎日のように手紙が届くぞ?」

「……寄ってから帰ります」

それは何としても避けたい。ヴァンはクロノスの執務室を後にすると、姉と甥っ子がいる姉の部屋に向かった。楽しみは後に取っておくほうが、より楽しめるものだと自分に言い聞かせて。

◇　◇　◇

魔道具の開発は基本、魔導師自身が考えた発案書を元に作られることが多い。それは単に、魔導師の能力範囲内で作れる魔道具かどうか、本人が一番よく分かっているからだ。

しかし、魔導師としての技術と、発想のセンスは決してイコールではない。

新しいものを生み出す発想力に関しては磨きようがない。こればかりは天賦《てんぷ》の才能だろう。

だからといって魔導師の能力を知らない素人が考えた魔道具は、絵空事のように現実から逸脱《いつだつ》していた。それこそ遊びだと笑われて終わりだ。

なのに、セレンティーヌという人物が書いた発案書は、ある意味現実的で、魔導師への挑戦とも取れる内容だった。作ったことはないが、出来なくはない。ヴァンは発案書に書かれた文字をなぞり、思わず笑ってしまった。

「作ってやるよ、俺が」

こんなに魔道具を作りたいと思ったのは子供の頃以来だ。黄金色の瞳を一段と輝かせたヴァンは、家から出ることなく魔道具作りに打ち込んだ。

数日後、セオが「どうせ飯もろくに取らず没頭してるだろうって、王太子妃殿下から差し入れ持ってきたっすよ」と言ってやって来た。

差し入れがなければ数日後には倒れていたかもしれない。

「あとクロノス殿下から、セレンティーヌ様に関する情報も預かってきたっすよ」

セレンティーヌ・ド・オグノア――ボルビアン国、オグノア公爵家の一人娘。

ボルビアン国王太子の婚約者で、今年十八歳になる。幼い頃から秀でた才能を持ち、次期王太子妃として絶大な支持を得ている。

そして彼女は今、ネオシィスト王国に半年間の留学中である。

「ボルビアン国か……」

山々に囲まれたボルビアン国は、ネオシィスト王国の隣国に位置していたが随分閉鎖的《へいさてき》な国だと聞いている。

隣国とあってこちらの特別な式典《しきてん》には参加してくれているが、記憶に残るほどの交流はない。

その閉ざされた国からやって来た公爵令嬢。

確かに、会わせてほしいと言ってもクロノスが難色《なんしょく》を示した理由が分かった。他国の、しかも王太子の婚約者となれば、気軽に顔を合わせることはできない。

できることなら家に招待して作っている魔道具を見てほしかったが、叶わないかもしれない。

留学中のセレンティーヌは他にも魔道具を発案しており、王宮の魔導師達は奇妙な魔道具の数々に興奮しているという。そこには兄のヴィンターもいる筈だ。

昔のように一緒に魔道具作りに携われたら、どんなに楽しいだろうか。

今頃発案書を見て他の魔導師と騒いでいるであろうヴィンターが少しだけ羨ましくなった。

今は独り。孤独を感じたことはなかったのに、仕上がりつつある魔道具を誰かと分かち合いたくなった。完成した嬉しさを一緒に味わえたら、喜びもひとしおだ。

だが、屋敷《やしき》を勝手に出てきて独立することを選んだのは自分自身だ。

ヴァンはセレンティーヌの情報が書かれた書類をテーブルに置いて、作業机に戻った。どうせなら肖像画でも添えてくれたらやる気も出たというのに。

会えない女性のことを思い続けるのはやめて、途中になっている魔道具の組み立てに取り掛かった。

後悔はしていない。

あの時、家族の為に自分にできる道を選択したのだから。

広すぎる空間にカチャカチャと物音が鳴り続ける。

会えないならせめて彼女に納得してもらえる魔道具を作ってやろう。

――と、半ば諦めていたヴァンの元に、セオに連れられ一人の女がやって来た。

銀色に輝く長い髪に、澄んだ青灰色の瞳がこちらを見つめてくる。あまりの美しさに思わず「めっちゃ美人な女がいる⁉」と騒いでしまったが、名前を聞いて納得した。

「初めまして。セレンティーヌ・ド・オグノアです」

用事があってヴァンの元にやって来たというセレンティーヌ。

その凛とした佇まい、姉のシャロルに似た強い眼差しからは芯の強さを感じた。

ヴァンは初めて雷に打たれたような衝撃を受けた。

それが一目惚れだと理解するまでに、時間は掛からなかった。

◇　◇　◇

セレンティーヌはボルビアン国の王太子の婚約者だ。すでに結婚を約束した相手がいる。

そう言い聞かせながら、屋敷《やしき》に招いて作った魔道具を見せた。

「どれも凄いわ！　私の想像よりずっと完璧だわっ！」

夢中になって魔道具を眺めるセレンティーヌの横顔は、目から輝きが溢《あふ》れるほどキラキラしていた。

これまでも女性に魔道具を見せたことはあった。

女性達は、魔道具ではなく、最年少で魔導師になったヴァン自身にしか興味を示さなかった。魔道具を見せてほしいと言ってきたのはただの口実で、目的はヴァンに近づくことだった。純粋に完成した魔道具を見て、感動してくれる人はいなかった。

なのに、セレンティーヌは歴史の一ページに立ち会ったような喜びようで、自分が提案した魔道具を一つずつ手に取りながら確認していった。

「これは魔力がないと動かせないのですか？」

「ああ、ボルビアン国では魔法が使えないのか」

セレンティーヌに、彼女の住む国の名を出すと明るかった表情が曇った。すぐに笑って頷いてくれたが、ヴァンとセオはセレンティーヌが見せた表情の変化を見逃さなかった。

「魔力がない時は魔石を近づけると動く」

「なるほど、魔力がなくても魔石がスイッチの役目を果たしてくれるのね。ヴァン様、止める時は……」

「様はいらない、ヴァンでいい」

様をつけて名前を呼ばれると、背中が痒《かゆ》くなった。セオはセレンティーヌの後ろで腹を抱えながら笑っていた。まだ笑い転げるようなら尻を蹴り上げてやると睨みつける。

「ええ、っと……では、ヴァン」

「……ああ。それで止める時だったな。それなら魔石を長く押し当てれば止まる。魔力を持った者は、魔力を流し込みながら念じると使える仕組みだ」

恥ずかしそうに名前を呼んでくれたセレンティーヌに、言いようのない衝動《しょうどう》に駆られつつ冷静に答えた。握り締めた手は汗が滴り落ちるほど濡れていた。

「やっぱり魔法が使えるっていいですね！」

「……っ」

セレンティーヌが被っていた仮面を脱いで、ようやく素顔を見せてくれた気がする。偽りのない言葉と笑顔に、心が吸い込まれていく。

彼女と出会ってから数時間。長く感じた時間は、実際はとても短く、セレンティーヌの全てを知ったわけでもないのに。

「お願いがあります。私はこれから自国に戻りますが、きっと罪人として追放されることでしょう。その時、迎えに来てほしいのです。とても危険な依頼になりますが、殺されそうになる私を、どうか助けてはいただけないでしょうか？」

思い詰めた表情で頼んできたセレンティーヌだったが、ヴァンの返事は決まっていた。

◇　◇　◇

ネオシィスト王国で最も仕事の溜まっている場所……王太子の執務室のテーブルに眼鏡、ネックレス、腕輪と不揃いの商品を並べたヴァンは、目の前のクロノスに視線をやった。

「そうか、セレンティーヌはボルビアン国から追放されると言っていたのか」

「はい。詳しくは訊きませんでしたが」

「あの国は閉鎖的《へいさてき》で密偵《みってい》を忍び込ませるのが難しい」

人払いを済ませて二人だけになると、クロノスはソファーの背もたれに体を預けて天井を仰いだ。

クロノスがここまで疲れている姿を見せるのは珍しい。

やはり公爵家の一つが没落したのが大きな負担になっているのか。

傍系《ぼうけい》王族の公爵家は、ヴァンの両親を殺した首謀者《しゅぼうしゃ》であり、王太子妃のシャロルを毒殺しようとした。

ヴァンが寝る間も惜しんで作った、毒を分解してくれる魔道具のおかげで、クロノスとシャロルの間に生まれた子供を守ることができた。さらに魔道具には毒の出所と、犯人を追跡できる機能が備わっており、最終的に公爵家にたどり着くことができたのだ。

公爵家は数年前に、魔道具の不良品を出したことによって事業に失敗し、不良品を暴いたサンディーロ侯爵を恨んでいた。

加えて、公爵家の令嬢はクロノスの婚約者候補の筆頭であったのに、クロノスが選んだのは候補にも上がっていなかったシャロルだった。屈辱を味わった公爵令嬢は両親共にサンディーロ侯爵家への復讐に手を染めてしまったのだ。公爵家は全員が処刑となった。

だが、公爵家の醜聞がこれ以上広がれば王室にとっても良くないと、クロノス自ら指揮を執って噂の歯止めに動いていた。

その一方で、公爵家に裁きが下ったことでサンディーロ侯爵家はもちろん、関係者全員が安堵《あんど》した。まだ敵はいるかもしれないと思うと油断はできないが、やっと胸のつかえが取れた気がした。

「私達の結婚式にボルビアン国の王太子がセレンティーヌを伴って参列してくれた時は、随分仲が良いものだと思ったんだがな。それが他の、しかも下級貴族の令嬢に熱を上げているとは」

「どこかで聞いた話ですね」

「うむ。もしかしたら王太子は良くない事態に陥っている可能性もある」

大きく息を吸ったクロノスは、ソファーの背もたれから離れて上体を前に倒した。しなやかな手を伸ばした先には銀縁の眼鏡があった。

「魅了といった人を惑わせる禁忌《きんき》の魔術がある」

「それでしたら、私の作った魔道具で正気《しょうき》に戻すことも可能なのでは？」

ちょうどクロノスが手に取った眼鏡は毒と呪いを見抜くことができる魔道具だ。完璧とは言えないが、性能は申し分ない。

試しに眼鏡を掛けたクロノスは「重いな」と文句を零《こぼ》した。率直な意見は魔道具の改良に重要だ。眼鏡は軽量化が必要なようだ。

眼鏡を外したクロノスは目にかかる前髪を掻き上げて緋色《ひいろ》の目をヴァンに向けた。

「……セレンティーヌの婚約者が正気《しょうき》に戻ったら、彼女はボルビアン国の王太子妃になる」

「それは……」

「王太子妃となれば気軽にこちらへ訪れることもなくなる。はっきり言ってあの国に彼女を留まらせておくのは惜しい。我が国で一番欲しい人材だ」

「それでは何もせず見過ごせと言うのですか」

「お前だって彼女が欲しくはないのか？　随分、セレンティーヌを気に入っていると思ったが」

腹の探り合いは苦手だ。特に目の前の相手には、気持ちを隠したところで簡単に暴かれてしまう。

「後悔した時はもう遅い。手の届く内に掴み取らなければ離れていくだけだ」

「俺は……」

「魔道具を渡すかどうかはお前の判断に任せる。元はお前が作ったものだ」

命令された方がどれだけ楽だったか。

留学期間を終えようとするセレンティーヌを前に、ヴァンは何度も自問自答した。

魔道具を渡せば、ボルビアン国の王太子は正気《しょうき》を取り戻すだろう。セレンティーヌは愛する婚約者と一緒になれる。傷つくこともなく本来の居場所に戻って幸せになれるのだ。

けれど、そうなると二度と会えなくなるかもしれない。一緒に魔道具を作ることもできなくなる。

ヴァンが説明する魔道具の話に耳を傾け、楽しそうにするセレンティーヌの姿を、もう間近で見られない。あの美しい笑顔も、胸が弾むような笑い声も、思い出と共に離れていってしまう。

『彼女が欲しくはないのか？』

クロノスに核心を突かれた時には素直に言葉に出来なかったが、欲しいに決まっている。

誰にも奪われたくない、手放したくない。

己もまた欲深い貴族の血が入った人間なのだと感じた。

セレンティーヌを救う方法を知りながら、その為の道具を手にしながら、自分の気持ちと彼女の幸せを天秤にかけて、自分にとって都合のよいほうを選択しようとしている。

そして遂に、自国へ戻っていくセレンティーヌに、ヴァンが魔道具を渡すことはなかった。


——渡せなかった。


この腕に捕らえて離したくないと……セレンティーヌという女性を深く愛してしまったのだ。

回り出した歯車は止められない。

動き始めた自分の心も止めることはできない。

ヴァンはただ、傷ついて戻って来るであろう彼女を抱きしめ、守り抜くことを誓った。

第八章　国外追放された悪役令嬢の軌跡

「セレスッ！」

いつも飄々《ひょうひょう》とした夫が珍しく焦った様子で現れ、娘のミレーヌごと抱き締めてきた。夫は汚れた服に胸当てをして、見るからに傭兵《ようへい》か冒険者といった姿だ。

隆起した筋肉に褐色《かっしょく》の肌、焦げ茶の髪は日に焼けて所々金髪になって光って見える。両目は金色で、野性味が溢《あふ》れながらも整った顔立ちをしていた。

最初に教えられた名前はヴァン。

暇で、腕に自信があって、信用できる傭兵《ようへい》を貸してほしいと王太子夫妻に伝えたところで紹介されたのが彼だった。

「良かった、無事で！　何もされてないか!?」

「……どういうことか説明して、ヴァン」

「いやー、あいつらがセレスに会おうとしていたことは分かっていたんだ。最終日近くで、監視の目が緩んだ隙を突かれちまって。意外と油断ならねぇな、ボルビアン国の王太子様も」

「そうじゃないわよ」

――そうじゃない。


セレスはエリオット達の姿が完全に見えなくなったのを確認し、ヴァンの耳を摘んで引き寄せた。

「いっ、で、でででっ」

「私が知りたいのは！　どうして彼らがこの国に来て、この国の魔道具を身につけていたかってことよ！」

ヴァンの耳に向かって声を張り上げると、夫と娘はどちらも金の目を閉じて肩を竦《すく》めた。

「えーと、それは……とりあえず家の中に入ってからにしよう、セレス。ミレーヌも中に入ってくれ」

「はぁい！　ママ、あまりパパのこといじめちゃダメだよ？」

「ミレーヌ！　俺の女神！」

「ヴァン！」

ミレーヌを抱き上げたヴァンは、セレスから逃げるようにして家に入っていった。逃げ足だけは速い。いや、他にも早かったけど。

そんな夫に呆れていると、中からセレスを呼ぶ声が聞こえて、同じく中に入った。

◇　◇　◇

公爵令嬢として過ごしたのは十八年。

そこから追放されて五年――

セレンティーヌという名を改め、セレスと変えたことで、彼女は乙女ゲームの世界から降りた。


――筈だった。


なのに、攻略対象であるエリオット、ハルミン、ジークレイ、ユリウスが突然目の前に現れ、最初は理解できなかった。

やはりゲームの強制力が働いたのだろうか。悪役令嬢は追放されたあと物取りに襲われて殺された。それがエリオット攻略のラストだ。

あの時死ななかったから、どこからかセレスが生き延びていることを知って彼らがとどめを刺しにやって来たのかと思った。

もし、今ここで殺されたら夫と娘はどうなるのだろう。

セレスは血の気が引く思いで、彼らの前で額を赤くなるほど床に擦り付けた。

それが攻略対象の四人には衝撃的だったようだ。

「やめてくれ」と懇願され、どうやら彼らは自分を殺しに来たわけではないと察した。

セレスは、彼らを奥の部屋に案内し、そこで訪れた理由を聞いて安堵《あんど》した。

彼らは五年前の真実が知りたいと言ってきたのだ。

懇願するように頼んできた元婚約者は五年前より成長し、さらに格好良く美しくなっていた。やはり王子様だ。薄汚れた外套《がいとう》を羽織っていても無駄にキラキラしている。

エリオットの隣に座るハルミンも、騎士となったジークレイも、そして弟のユリウスも、背景に薔薇《ばら》が飛んでいるように見えた。

久々に胸が苦しく、いや熱くなった……


――悪役令嬢、セレンティーヌ・ド・オグノアは転生者だ。


前世はここよりずっと発展した世界で、アニメやゲームが溢《あふ》れた国だった。社会人になってから家を出て、一人暮らしをしながら趣味に没頭し、自由を満喫していた。特技は料理と手芸で、趣味は旅行とゲームだ。とくに乙女ゲームは、職場で溜まったストレスを解消してくれる癒しの一つだった。

その日は身支度を整え、朝食のパンをかじりながらニュースを見ていた。

「うわぁ、これ同じ市じゃん」

ニュースによると、一家の長男が両親と妹を刃物で殺害し、本人は首を吊って死んでいたようだ。

深夜、近所の人が叫び声を聞いて通報したらしい。なんとも痛ましい事件である。

犯人である長男は受験に失敗してから部屋に引き籠もっていたようだ。

妹はまだ高校生だったのに、殺す必要があったのだろうか。近くであった殺人事件だけに、なんとなく脳裏《のうり》に残ってしまった。

まったく関係ない自分が一家のことを考える必要はどこにもなかったのに、妙に思いを巡らしてしまった。

それがいけなかったようだ。

考えているうちにふらりと赤信号の歩道に出てしまい、気づいた時には遅かった。

一台の乗用車が至近距離にいて、避ける間もなかった。体中に衝撃が走り、目の前が暗転した。

短い人生だった。

次に気づいたのは、セレンティーヌとしてこれから通う学園の案内書を手にした時だ。

「あれ、これ……乙女ゲームの学園だわ」

瞬間、セレンティーヌとしての記憶を持ちつつ、そこに前世の記憶が流れ込んできた。最初は頭が混乱し、熱を出して三日三晩寝込んだ。

まさか、自分が転生して乙女ゲームの悪役令嬢になっているとは思わなかった。

前世で死んでしまったこと。そして、これから殺される運命にあること。

絶望的だ……

自分が寝込んでいる間、婚約者のエリオットが何度も見舞いに訪れたことを伝えられ、よけいに落ち込んだ。

ヒロインはすでに存在しているのだろうか。このまま悪役令嬢としてヒロインを虐《いじ》めなければ、攻略対象のエリオットと一緒になれるだろうか。

すでに家族同然に過ごしてきたエリオットだ。王妃教育も進んでいる。今更離れるなんて考えられなかった。

「そうよ、悪役にならなければいいのよ」

そう心に決めたセレンティーヌは、再び熱を出してさらに二日は寝込むことになった。

「学園に通う前に熱を出すなんて、もう大丈夫なのか？」

学園に通う当日、迎えに来たエリオットに訊ねられ、セレンティーヌは曖昧《あいまい》に頷いた。何度重ねたか分からない手から、熱が伝わってくるようだ。今までは平気だったのに、これが前世でプレイしていた乙女ゲームの中で、本物の王子が目の前にいると思うと正気《しょうき》を保つのが難しい。

何より、貴族令嬢の振る舞いを続けなければいけないのが辛かった。

「ええ、心配かけましたわね……」

「君が元気ならいいんだ」

ふわりと笑って髪を撫《な》でてくれたエリオットに、思わず吐血しそうになる。鼻血は出ていないだろうか、慌てて鼻下に触れてしまった。

本当にこのまま何事もなく、誰にも邪魔されず無事に済めばいいのに。

これだけ仲の良い私達の間に、ヒロインが付け入る隙はない。公爵令嬢として正しい振る舞いを心掛ければ問題ない筈よ。

学園が始まった当初は、絶対的な信頼をエリオットに置いていた。

他の攻略対象とも関係は良好だ。

――全ては上手くいく。

そう思っていた。エリオットの口からヒロインの名前が出てくるまでは。

これが乙女ゲームの強制力か。

セレンティーヌは、エリオットと楽しそうに喋っている男爵令嬢の姿を見つけてげんなりした。

彼女がヒロインのジュリエナだ。見た目はごく平凡なのに、ヒロインだからか男性はこぞって惹かれてしまうのだ。

やっぱり、こうなってしまうのね。

ジュリエナの隣にいるエリオットは、婚約者など最初からいなかったように、ヒロインに夢中だ。

彼の笑い声が聴こえてきて、セレンティーヌは耳を押さえた。

嫉妬《しっと》に狂う女性の気持ちが少しだけ分かった気がする。

ずっと傍にいると言ったのに。一緒に支え合おうと約束したのに。

皆で、ボルビアン国を良くしていこうと誓ったのに。

ハルミンもジークレイもヒロインにべったりだ。いつの間にか周囲はがらりと変わってしまった。

二歳下のユリウスも例に漏れずジュリエナの近くにいる。

すでに、姉弟の絆はなくなっていた。

それに、ヒロインを虐《いじ》めなくても物語はゲーム通りに進んでいた。

「消えたい……」

乗せられているレールからセレンティーヌが外れたら、物語は変化するだろうか。

エリオットがヒロインと結ばれて幸せになるなら、それでもいい。

けれど、ここまで真面目に生きてきて殺されるのはまっぴらだ。

セレンティーヌは決心し、翌日から学園に通うことをやめた。

学園から姿を消したあとは、銀水晶の宮ではなく領地に向かった。王都の屋敷《やしき》にはユリウスと両親がいて、息が詰まるだけだ。

それに、これからのことも考えなければいけない。

しばらく領地で過ごしていたセレンティーヌは、密かに荷造りをしていた。国外追放となれば、二度と生まれ育った屋敷《やしき》や領地には来られなくなる。ほぼ無一文で追い出される筈だ。考えるだけで恐ろしい。

使用人には旅行と偽り、宝石やドレスなど金目のものをトランクに押し込んで、着々と準備を進めていた。

あとは追放されて向かう先だ。

そこで浮かんできたのは雄大な土地を持つ魔法の国、ネオシィスト王国だ。

幸い、前回の訪問で仲良くなった王太子妃とは今でも手紙のやり取りをしている。セレンティーヌは早速訪問を求める知らせを送り、返事を待った。

王国なら文明も進んでいて生活に苦労することはないだろう。

前世の記憶があればそれなりに職も見つけられそうだ。

王太子妃から了承の手紙を受け取ったセレンティーヌは、三ヶ月ほど過ごした領地をあとにし、隣国に向けて出発した。

王国に着いたセレンティーヌを待っていたのは、王太子夫妻の熱烈な歓迎だった。

どうやら王太子は王太子妃にぞっこんで、彼女が全てと言ってもいいぐらい溺愛《できあい》している。その彼女が大切にしているモノは、当然彼にとっても守りたいモノ、らしい。

ちょっと重たい愛だ。

「ネオシィスト王国の若き太陽、クロノス・フォン・ネオシィスト王太子様、シャロル・レティーナ・ネオシィスト王太子妃様にご挨拶申し上げます」

「そんなに畏まらないでいい。君が来るのを今か今かと、シャロルが部屋をうろつきながら待ちわびていて落ち着かなかったんだよ」

「まあ、クロノス！　本当のことを言わないでくださいませ！」

セレンティーヌより五歳ほど年上の二人だが、子供のようにじゃれ合う姿は微笑ましい。

しかし、王国の王太子夫妻なだけあってオーラが違った。黒髪に緋色《ひいろ》の目をしたクロノスはもちろん、ぷくーと頰を膨らましたシャロルもまた異質だった。

しなやかな肉体に褐色《かっしょく》の肌、艶やかな黒髪に人目を引く金色の瞳。藍色のレースで作られたマーメイドドレスが彼女の美しい曲線を強調している。同じ女性でも彼女に見つめられると緊張してしまうほど妖艶《ようえん》な雰囲気があった。

「さあ、セレンティーヌ。しばらくこちらに滞在されるのでしょ？　ゆっくり話ができて嬉しいわ！」

近くにやって来たシャロルは、セレンティーヌの手を取って握り締めてきた。笑顔で迎えてくれた彼女に、傷ついていた心が癒されていくようだった。

魔法と魔道具が生活の基盤である王国での生活は、驚きの連続だった。

以前エリオットと訪れた際は王太子の婚約者としての務めに励んでおり、魔道具に触れる機会は少なかったのだ。

お湯を沸かす卓上の魔道具や、遠く離れた相手と話せる魔道具が存在していた。

魔法に関しては、魔力を溜める体内の器が大きくないと使えないようだが、猫舌のシャロルが出されたお茶にこっそり風を送って冷ましているのを見た。専属侍女に見つかってはしたないと叱られていたけど。

セレンティーヌは王太子夫妻の宮殿に滞在し、王国について学びながら、前世の記憶を頼りに魔道具の提案もしていた。

それが魔導師の間で話題になり、しばらくは生活に困らないだけの賃金を得ることができた。

けれど、どんなに楽しくても忍び寄ってくる影がセレンティーヌを捕らえて放さなかった。

「どうしたの、セレンティーヌ。浮かない顔をしているわ」

「……そんなことは」

「無理しなくていいのよ。何か協力できることがあれば遠慮なく言ってちょうだい」

王国に来てから、セレンティーヌ宛に届いた手紙は一通もない。ボルビアン国からの連絡は一切なかったのだ。

敢《あ》えて、こちらからも連絡しようとは思わなかったけれど。

王太子夫妻と朝食を共にしたあと、お茶を飲みながら雑談していたが、その時間も間もなく終わってしまうのかと思ったら自然と口数が少なくなってしまった。

表情も暗くなっていたのだろう。心配したシャロルが窺《うかが》うように言ってきた。

学園の卒業式は来月。そろそろボルビアン国に向けて出発しなければいけない。

追放されてからの生活は問題ない。問題は、どうすれば殺されずに済むかということだ。

セレンティーヌは背筋を伸ばし、シャロルに向かって口を開いた。

「……それでは一つだけ。手が空いていて、腕に自信があって、信用できる傭兵《ようへい》がいればお借りできませんか？」

追放されたあと自らを襲うであろう物取りの手から逃れる為に。

生き抜く為には誰かの力添えがなければ厳しい。いきなり変なことを頼んでいるのは承知の上だ。

だが、タイムリミットが迫っているのも事実。

真面目な顔でお願いすると、シャロルは「そうねぇ」と自身の頬を撫《な》で、真剣に悩んでくれた。

すると、シャロルの横からクロノスが割って入ってきた。

「それならちょうど手頃な奴がいるじゃないか」

悪戯《いたずら》な笑みを浮かべたクロノスに対し、シャロルは「ええ、そうね！　そうだったわ！」と手を叩いた。

「彼なら間違いなく手が空いていて、腕に自信があって、信用できて、あと無類の美人好きだわ！」

「……はぁ」

最後の説明は必要だったのだろうか。

不安そうな顔をすると、シャロルは「大丈夫よ！」と片目を閉じて言ってきた。似た者夫婦である。

その後クロノスの計らいで、セレンティーヌは急遽《きゅうきょ》その手頃な相手に会う為、紋章《もんしょう》のない地味な馬車に乗せられた。

傭兵《ようへい》というだけあって平民の暮らす市井《しせい》にいるのだろう。逸る気持ちを抑えながら馬車に揺られ、到着したのは市井《しせい》の中でもとくに貧しい家が集まる場所だった。

「ここ、ですか」

案内役として一緒に来たクロノスの従者《じゅうしゃ》が、木造二階建ての家の前まで連れてきてくれた。家のすぐ裏は森になっていた。

セレンティーヌはボロボロの家を見上げて、よく倒れずにいるなと感心した。

すると、セオと名乗った従者《じゅうしゃ》がいきなり扉を拳で叩き始めた。

「ヴァンさーん、ヴァンさん、お客様ですよ！　いるんですよねー！　分かってるんですよー！」

どこか脅迫めいた訪問に、思わず噴き出しそうになる。必死で笑いを堪えていると、目の前の扉がゆっくり開いた。

「んだよ、っせーな。……俺は夜型なんだよ」

「相変わらず自堕落な生活をしていますね。貴方の姉君が心配されてますよ」

「説教しに来たんなら明日以降にしてくれ」

「違います。本日はお客様をお連れしました」

扉から出てきたのは、ボサボサな髪の色黒の男だった。筋肉つきも良く、身長も高い。格好を整えればクロノスに並ぶ美丈夫《びじょうふ》に見えるだろう。

それより気になったのは、欠伸《あくび》をして涙目になっている彼の目だ。

金色の瞳なんて、そうあるわけがない。

「客ぅ？　――はっ、めっちゃ美人な女がいる⁉」

「……はぁ」

――どう見ても王太子妃の血縁者だろうその男に、セレンティーヌは気の抜けた返事しかできなかった。

彼の第一印象は軽い男。実際、その通りだと思う。

自堕落な生活であるものの、自由気儘に人生を謳歌《おうか》している。間もなく殺されるかもしれないセレンティーヌからすれば羨ましいの一言に尽きる。

「初めまして。セレンティーヌ・ド・オグノアです」

ドレスを持ち上げて挨拶をする。貴族令嬢であることは見た目からすぐ分かるだろう。

「セレン……あ、それじゃあアンタか！　魔導師に色々魔道具の提案をしている奇妙な令嬢っていうのは！」

「奇妙……」

「ちょっとヴァンさん、失礼ですよ！」

魔導師の間では奇妙な令嬢と言われているのか。前世の記憶から、作れそうなものを見繕って提案しているだけなのだが。

首を傾げるセレンティーヌに、彼は咳払《せきばら》いをして「すまなかった」と謝ってきた。

「舞台やサーカスを家でも楽しめる映像受信機や、馬車の代わりに魔道具を取り付けた乗り物や、今までなかった物がどんどん提案されてくるって魔導師達が騒いでいたからな。すごい発想だと思うぞ」

セレンティーヌにとっては珍しい物でもなかったが、発展した王国でも驚かれる代物《しろもの》だったらしい。役に立って嬉しいような、恥ずかしいような。

奇妙と言われているのは心外だが、褒められて頬が熱くなった。

「それで？　そのアンタが俺のところに来たってことは、新しい魔道具の提案でもしてくれんのか？」

「……貴方も魔導師なのですか？」

てっきり傭兵《ようへい》か冒険者かと思っていた。

優秀な魔導師は、貴族街に個人の店を構えていたり、王宮の研究所で働いているのが大半だ。待遇もかなり良いのに、なぜ王宮や貴族街から離れた王都の端に家を構えているのか。

疑問が顔に出てしまっていたのだろう。

彼は「まあ、中に入れれば分かる」と肩を竦《すく》め、セレンティーヌと従者《じゅうしゃ》を家の中に促した。

「そういえばヴァンさんの紹介がまだでしたね」

「まーた会えば分かる、とでも言ったんだろ」

「似たようなことはセレンティーヌ様にお伝えしましたね」

「ほんっとに、良い性格してるぜ。義兄さんの従者《じゅうしゃ》だけあるわ」

「あの方と一緒にしないでほしいっすわ」

目の前で言い合う二人の後ろで、セレンティーヌは歩く度に軋む床にドキドキしていた。床が抜けたらどうしようか。木造の家の中は埃まみれで、とても生活しているようには見えなかった。

というより生活感がなかった。

キッチンも使用している形跡がない。他に住んでいる人の気配もなく、違和感を覚えた。

「セレンティーヌ様、足元にお気を付けください」

「手、握ったほうがいいか?」

「……ご遠慮します」

悪戯《いたずら》な笑みを浮かべて大きな手を差し出してきた彼に、セレンティーヌは顔を逸らした。

本当に不躾《ぶしつけ》で無礼な男だ。

王太子夫妻の紹介でなければ彼の全てを疑っていたに違いない。腕っぷしに自信はありそうだけど、信用はできなそうだ。

　小さく溜め息をつくと、前の二人が分厚い扉の前で立ち止まった。

「すぐに開けるから待っててくれ」

　彼は片手を挙げてそう指示すると、扉の横にある小さな箱に手を乗せた。

　すると、青い光が漏れて彼の手が包まれる。指紋《しもん》認証の類いだろうか。自然と胸が高鳴って様子を見ていると、従者《じゅうしゃ》セオが声をかけてきた。

「あの人、態度は悪いですが、とても優秀な魔導師なんです。表向きは傭兵《ようへい》などされていますが、実際は王太子様の直属の部下になります」

「……どうして、そのような重要な話を私に」

「条件の一つに信用できる方とありましたので。それに、何か思い詰めていらっしゃるようでしたから」

「……」

　緩やかにウェーブした茶色の髪を揺らし、赤銅色の瞳を細めてにっこり微笑んできた若い従者《じゅうしゃ》セオに、セレンティーヌは呟くようにお礼を言った。

　そんなに余裕のない表情をしていたのか。

　二人が見ていないところで、頬をつねって頬の筋肉をほぐした。

「開いたぞ」

「では、行きましょう」

ゆっくりと開いた扉から光が溢《あふ》れてくる。外から見ると奥行きはそれほどなかった筈なのに。

扉の中に一歩、足を踏み出したセレンティーヌは、目の前に現れた光景に唖然《あぜん》としてしまった。

入ってすぐ赤い絨毯《じゅうたん》の廊下があり、魔道具らしい大きな乗り物が数台並んでいた。

それだけではない。

光が差し込む頭上には空飛ぶ乗り物の模型が飾られ、市場に出回っていない魔道具まである。

「……なに、ここ！」

「少しは感動したか？」

「ええ、とても！　森の中にこんな場所が隠れていたなんて！」

「ああ、あれは森の映像を映しているだけで、実際は存在しない森だ」

あの森は屋敷《やしき》を隠す為のカモフラージュだったのか。

しかし、そこまで技術が発展しているとは驚いた。セレンティーヌは目を輝かせて歩き回ると、自らが提案したものが形になっている魔道具もいくつか見受けられた。

「どれも凄いわ！　私の想像よりずっと完璧だわっ！」

「喜んでもらえて何よりだ。俺としても発案者に実物を見てもらえて良かったよ」

それらを眺め、見上げ、感嘆《かんたん》の息を漏らす。

ボルビアン国では見ることのできない文明の産物だ。前世では当たり前のようにあった道具も、この世界では存在しないものがほとんどだ。

何だか、歴史的な瞬間に立ち合っている気分になって興奮してしまった。

そこに、彼が「あまり夢中になっていると転ぶぞ」と注意してくれて、セレンティーヌは慌てて体勢を整えた。はしたない姿を見られてしまった。

気まずそうに俯くセレンティーヌに対し、彼は自分の後頭部を撫《な》でながら言ってきた。

「その―……まだアンタの用事を聞いてないんだが、もし俺に仕事の依頼や頼み事があって来たんなら、俺もアンタに手伝ってほしいことがある」

「……私に、ですか？」

「ああ。魔道具を作ったはいいが、使用方法なんかはアンタのほうが詳しいだろう。だから俺の仕事を手伝ってほしいんだ」


――なるほど。


それなら追放されてからも仕事ができて、安定した生活が送れるかもしれない。

最初の印象は最悪だったが、魔道具に対する彼の情熱は本物だ。

セレンティーヌは実際に彼の作った魔道具を手に取り、ひとつずつ使用用途を説明していった。

中には覚えのある電化製品がそのまま飛び出してきたようなものまである。提案書を細かく書いた甲斐があった。想像以上の出来に感動を超えて疲れた。

それを具現化してしまう彼の実力も察せられる。彼とならば組んでもいいかもしれない。

セレンティーヌは改めて彼に向き直り、真剣な眼差しで薄い唇を開いた。

「畏まりました。是非、手伝わせていただきます。そして仰る通り、私からもお願いがあります。私はこれから自国に戻りますが、きっと罪人として追放されることでしょう。その時、迎えに来てほしいのです。とても危険な依頼になりますが、殺されそうになる私を、どうか助けてはいただけないでしょうか？」

「罪人って……お前何を」

「もちろん冤罪《えんざい》ですが、あの国にとって私は必要のない存在なのです」

この世界の物語が、設定が、悪役令嬢の追放を願っている。

だからセレンティーヌは、婚約者であるエリオットから断罪されて追放される運命を選ぶしかなかった。

◇　◇　◇

セレスはテーブルの上に水の入ったグラスを置いた。

「ミレーヌ、隣のお部屋で遊んでなさい」

「はーい……」

夫に抱かれた娘は母親のいつもと違う雰囲気を感じて、さっと部屋から出ていく。セレスの顔は笑っていたのに目は冷えきってきた。水を差し出された夫は何か言いたそうな表情を浮かべたが、大人しく水を飲んで喉を潤した。

出会いから五年余り。

自国に戻って追放されたセレスは、国境付近で襲われたところを商人一行に扮《ふん》したヴァンと彼の仲間たちに救われ、ネオシィスト王国に入国した。

こうなると分かっていたとはいえ、生まれ育った場所からの追放と、婚約者からの断罪は相当こたえたのか、生き延びたというのに何もやる気が起こらなかった。

怒りが湧いては虚しくなり、泣いては笑いたくなり、感情のコントロールが難しかった。


——ただ、エリオットを恨んだりはしていない。


身に覚えのない罪で裁かれても、悪役令嬢としてそうなるようにできていたのだ。この世界の神に抵抗したところで、どうにもならない。

それに、ボルビアン国唯一の王子として何一つ思い通りに選択できなかった彼が、将来の伴侶《はんりょ》だけは自分で選べて良かったと思っている。

できることなら自分が支えたかったけれど、ヒロインには敵《かな》わなかった。

少しずつ気持ちが落ち着いてきたところで、平民になったセレンティーヌは自らを「セレス」と名乗ることに決め、動き出した。

セレスは沈んでいる間、ヴァンの家で厄介になっていた。

最初は宿に泊まると言ったが、女性が一人では危なくて駄目だと言われ、最後には王太子妃の名前まで出されて渋々世話になることになった。

ヴァンはセレスがどんな状態でも傍にいて、しかし必要以上に構っては来なかった。

セレスは家に置いてくれたヴァンに感謝を伝え、住む場所を見つけたら出ていくと言った。

すると、ヴァンは至極真面目な顔で口を開いた。

「俺は他の男を想ってる女には手を出さないって決めている。けど、下心がないってわけでもない！　ちなみに、お前のことは凄く好みだ！　今すぐ付き合いたいし、このままずっと一緒にいて欲しいと思ってる。俺がお前を守りたいんだ」

……馬鹿正直な男だ。

セレスは目を丸くして彼の真剣な顔を見つめたが、すぐに呆れて溜め息が零《こぼ》れた。

長年寄り添っていた婚約者と別れたばかりなのだ。簡単には受け入れられなかった。

それにボルビアン国では公爵令嬢だったが、今はただの平民だ。ヴァンに釣り合う身分ではない。

それともただの遊び相手ということだろうか。

「私は、平民になりました。もう貴族ではありません」

ヴァンは王太子妃の実弟で、古くから王家を支えている侯爵家の次男だった。爵位《しゃくい》を継ぐ予定はないが、優秀な魔導師の一人として、いずれ国王から爵位《しゃくい》が与えられるだろう。

彼にはもっと相応しい女性がいる。

「はぁ、何言ってるんだ。王妃教育まで受けていたご令嬢様が。俺だって別に爵位《しゃくい》が欲しくて魔道具を作ってるわけじゃない。お前が平民のままでいたいと言うならそうする」

「何を言っているのですか！　せっかく与えられるかもしれない褒美を無下にするなど」

「どれを優先するかは俺が決めることだ」

金色の瞳で鋭く見つめられ、言葉を呑み込んだ。

やはり彼も貴族だ。平民にはない、他人を威圧して黙らせてしまう力がある。セレスは厄介な人に捕まったと思った。

しかし、それを押し付けてきたのがあの油断ならない王太子夫婦だと思えば、諦めもつく。

「分かりました……考えてみます」

「ああ、そうしてくれ。答えが出るまでここで暮らすように」

逃がす気などない癖に。

セレスは差し出されたヴァンの手を掴み、そっと握り締めた。

追放されて一年が過ぎた頃、ボルビアン国ではエリオットが立太子し、ジュリエナと正式に婚姻した。国交が盛んではないボルビアン国でも、大きな式典《しきてん》には隣国の王族を招いている。男爵令嬢だった彼女を、責任を取ってオグノア公爵が養女として迎え入れ、王太子の婚約者となっていたのだ。身分が剥奪《はくだつ》されていなければセレスとジュリエナは血の繋がらない姉妹となるわけだが、あまり考えないようにした。

エリオットがヒロインと結ばれて、もっと落ち込むかと思ったが、思いの外平気だった。

この一年の間に、セレスにも変化が生まれてきたからだろう。

ヴァンの家で一緒に暮らすことになり、しばらくはお互い距離を保ったビジネスパートナーとして魔道具の製作に打ち込んだ。

それが目が回る忙しさで、よけいなことを考えずに済んでいた。

それでもふとした瞬間に、ヴァンの熱を含んだ金の目で見つめられて落ち着かなかった。我慢させている状況に、いつか襲われてしまうんじゃないかと気が気ではなかった。

けれど、一年経ってもヴァンの気持ちは変わらず、他の女性の影も見えず、セレスもまた居心地の良さを彼に感じていた。

自らの気持ちが変化したことを告白した日の夜から、セレスはヴァンの腕に抱かれて眠りにつくことになり、数日間はベッドの上が生活空間になってしまった。それほど待っていてくれたのだと嬉しかった。

結婚式は王都の古びた教会でひっそり挙げた。

参列者はいない。二人だけの静かな結婚式になった。

王太子夫妻に報告したヴァンは、かなり叱られたようだが。二人の住まいは変わらなかったが、カモフラージュ用の木造二階建ての家は改装してもらった。

魔道具作りで余った材料を使って、装飾品を販売する店を始めたくなったのだ。もったいないから有効利用だ。

真珠《しんじゅ》が安く手に入る王国では、真珠《しんじゅ》を使った小物品も多く販売されていて、セレスも商品用に小粒の真珠《しんじゅ》を購入した。

趣味で始めた雑貨のお店は、最初はまったく人が寄り付かず、店の存在にも気づいてもらえなかった。そこで、近所の女性達に宣伝代わりにコサージュをプレゼントしたら、平民でも手が出しやすい値段と可愛らしさが話題となり、人が来るようになった。

王国の暮らしにも慣れ、平民として人生を歩み出したセレスは、ヴァンとの間に子供をもうけた。

前世では経験できなかった結婚と出産と育児に、何度も生きている実感を噛み締めた。

そして、追放から五年過ぎた時だ。

二度と会うことはないと思っていた元婚約者達が店を訪れ、セレスは血の気が引いた。

「ヴァン、貴方しばらく家を留守にしていたわよね？　どこに行ってたの……？」

酷く落ち着いた声で訊ねると、水を飲んでいた夫は激しく咳き込んだ。

クロノスの部下である以上、ヴァンの行動について今まで口に出して訊ねることはしなかった。

半年前から大量に魔道具を作り出したのも、きっと依頼されてのことだろうと思っていた。

「魅了って何？　どうして彼らがネオシィスト王国の魔道具を身につけているの？」

「いや、それは……あれは、セレスにもこれから渡そうと」

「私が付けてどうするの？　もう平民なんだから、狙われるわけないじゃない」

「ほら一応、万が一ってこともあるかもしれないだろ？」

「そんなことが起こるかもしれないってこと？」

無表情のまま言葉を重ねていく。

ヴァンは金色の目を泳がせ、逃げ道を探っているようだった。

セレスは嘆息して、椅子の背もたれに体を預けた。

元婚約者であるエリオットが現れて正直ゾッとした。また身に覚えのない罪で全てを奪われるんじゃないか、と悪い想像が頭を過った。

しかし、彼の口から語られた話は予想外のものだった。

「前にも伝えたけど、私は復讐なんて望んでない。ボルビアン国での出来事は過去にしたいのよ」

「あー違うんだ、待ってくれ。今回のことに関してはセレスは関わってない」

「関わってない？　向こうの王太子殿下がここに来たのに？」

「それはっ！　引き留める予定だったんだ。セレスに会わせるつもりはなかった」

一体何が起こっているのか、頭が混乱してきた。

エリオットはヒロインであるジュリエナが、魅了という呪いでエリオット達を虜にしていたのだと言う。

ここは乙女ゲームの世界だから、ゲームの強制力が働いていて皆ヒロインに好意を寄せているのだと思っていた。だがその強制力はこの世界では魅了と呼ばれるものだったのだろう。ヒロインはそれを知っていたのだろうか。

エリオットは呪いから解けて、自分達の過ちに気づいたと言っていた。苦痛に歪むエリオットの顔を見て、ヒロインと結ばれたのは彼の意思ではなかったのだと理解した。

まるで、乙女ゲームの世界が終わって、夢から覚めた人々が現実の世界に戻ってきたようだ。そんなの惨《むご》すぎる。

「それじゃ、なんで……」

セレスのための復讐でないのなら、なんのために。

わざわざ王国が介入してまで呪いを解く必要はなかった。

閉鎖的《へいさてき》なボルビアン国なら、何もしなければきっと夢から覚めることなく、幸せなままでいられた筈だ。

「まぁ、なんていうか……仕返しだろうな」

「だから私は！」

「違う、違う。セレスじゃなくて、うちの姉さんの」

「王太子妃様の……？」

両手を振って否定してきたヴァンは、首の裏を擦りながら苦い顔を浮かべた。

彼は今回のことにはあまり乗り気ではなかった様子だ。

けれど、肩を竦《すく》めて説明してくれた。

「実は昨年あったパーティーに、ボルビアン国の王太子夫妻が訪れたんだ。王太子はともかく、王太子妃はこういう場に慣れていなかったようだな」

「そうね。王妃の教育も婚約者になってからだろうし」

「姉さんはセレスを追放した国を快く思っていなかったが、一国の王太子妃として接したはずだ」

王子の婚約者として子供の頃から教育を受けてきたセレスと違い、婚約から結婚まで一年しかなかったジュリエナの教育は時間が足りなかっただろう。

公務も様々で、その度に決まり事やマナーがあった。特に他国が絡む外交は厳しく教えられた。

「そこで姉さんが向こうの王太子妃に、ネオシィスト王国が誇る真珠《しんじゅ》を紹介したらしい」

「王太子妃様の紹介してくれる真珠《しんじゅ》はどれも素晴らしかったわ」

「ああ、最近では姉さんが国で取れる真珠《しんじゅ》を管理しているぐらいだ」

王太子妃のシャロルは、自ら広告塔になり自国の真珠《しんじゅ》を広めてきた。彼女に見せられた真珠《しんじゅ》は形や色はもちろん、輝きや大きさ、どれをとっても一級品だった。

真珠《しんじゅ》の美しさを語ってくれるシャロルの熱意も凄かったが、一つの物に夢中になると止まらなくなるのはヴァンも同じだ。やはり姉弟である。

「だが、彼女は姉さんの真珠《しんじゅ》を見て、他の宝石と比べて地味だと言ったんだ。ルビーやブルーダイヤなど色がついた宝石の方が映えると言って」

「……なんていうことを」

セレスはヴァンの話を聞いて思わず額を押さえた。

国の代表として訪れている王太子妃が、他国の特産物を貶《けな》すなんて。

しかも、よりにもよって王太子妃の前で言ってしまうなんて。

「向こうも慌てて謝罪し、後日使節団を派遣《はけん》してお詫びの品を献上《けんじょう》してきたが。何せ姉さんの大切にしてる真珠《しんじゅ》を貶されて、義兄さんが黙ってるわけない」

「……そう、ね。完全に怒らせてしまったわね」

王太子妃を溺愛《できあい》している王太子だ。冷たく光る緋色《ひいろ》の目を想像して鳥肌が立った。

ボルビアン国は怒らせてはいけない相手を怒らせてしまったのだ。

エリオットは一体何をやっていたのか。

なぜ、マナーのなっていないジュリエナを連れてきてしまったのだろうか。

それが魅了という呪いなのか。

セレスの口からは溜め息しか出てこなかった。

「他にも原因はあるんだ。どうやら彼女の魅了は本人の意思に関係なく発動しているらしい。義兄さんにも無意識に掛けようとして、魔道具が防いでくれたようだ」

「彼女が魅了という呪いを使うなんて知らなかったわ……。国際問題ね」

「ああ。他国の王太子を操ろうとしたんだ。戦争になってもおかしくない」

本人にその自覚がなくても、すでに攻撃したと捉えられても仕方ないだろう。

なぜその場で拘束しなかったのかと考えたところで、セレスは嫌な予感がして深い息をついた。

見逃したわけじゃない。だから、こうしてヴァンが暗躍させられているのだ。

「……クロノス王太子様は、ボルビアン国をどうする気なの？」

「俺は呪いを防ぐ魔道具を大量に作って、ボルビアン国に献上《けんじょう》する役目を任されただけだ。その後どうするかは聞いていない」

「……そう。分かったわ」

「魅了が解けて奴らがセレスに会いに来るとは思わなかった。見張ってたのに、怖い思いをさせてすまなかった」

「いいのよ。彼らは謝りに来ただけだから」

「連れ戻しに来たんじゃないのか？」

「私には貴方と子供がいるわ」

「……未練《みれん》は」

「ないわ。戻りたいとも思わない」

一瞬の迷いもなく答えると、ヴァンは安堵《あんど》したようにホッとした表情を浮かべた。

魅了にかかっていたとはいえ、今更戻ったところでどうにもならない。

エリオットには妻と子供がいて、自分にも夫と子供がいる。お互い、守るべきものがすでに存在しているのだ。

「でも、あんなに傷ついたエリオットを放っておけなかったから、契約をしたわ」

「セレス……」

「責めないでね。貴方だって私に黙っていたんだから。どんな形でも、無事に生きていてくれたらって思うのよ。追放される私にヴァンがいたように私の存在が何かの足しになるかもしれない」

魔道具をはじめ、多くの商品が取引されるこの国では、契約の中身は様々だ。

ただ、この国で交わす契約には共通して一つの約束事がある。契約した相手に何かあった時は手を貸し、同時に自分に何かあった時は助けてもらう。お互いに利益を損なわない為に交わす暗黙の了解だった。

例え、どんな小さな契約でも。

「……義兄さんには伝えておくけど、きっと呆れると思うぞ」

「いいのよ。私がしてあげられることは他にないんだから」

公爵令嬢でもなければ、悪役令嬢でもない。すでに乙女ゲームの舞台から降りているのだ。

「あとは彼らの問題だわ」

椅子から立ち上がったセレスは、一人で遊んでいる娘の元へ行こうとした。

けれど、ふと視界がぼやけていることに気づいて足を止めた。

「セレス……？」

その場に立ち尽くすセレスを見て、ヴァンもまた立ち上がって近づいてきた。

「あ、」

なんでもない、と口を動かそうとした時、ぽたりと一筋の雫が目から零《こぼ》れ落ちた。

もう自分には関係ない、と思っていたのに、五年ぶりに再会した元婚約者のエリオットを見て、心の奥底に封じていた思い出が堰を切ったように溢《あふ》れてきた。

許すことはできないと言ったのに、ボルビアン国から足を運んで会いに来てくれた。

五年前の真実を今度は信じてくれた。心から謝ってくれた。

それだけで簡単に許してしまいそうになる自分がいた。

ヒロインと真実の愛を見つけたのはエリオットの意思ではなかった。

それが嬉しいと感じてしまうなんて。

もし追放された時のまま、一人ぼっちだったらエリオットの手を取っていただろうか。

戻ってこないかと言われて、エリオットの胸に真っ直ぐ飛び込んでいただろうか。


——本気で、愛していたのだ。

どんな仕打ちを受けても憎むことなんてできなかった。

血の繋がった家族より、強い絆で結ばれていたから。

「……っ、ごめ、ヴァン……、すぐに、泣き、やむからっ」

「いいんだ、セレス。泣きたい時は泣いてくれ。いくらでも受け止めてやるから」

崩れ落ちそうになるセレスを、ヴァンは両手を広げてしっかり抱きしめてくれた。他の男性を思って泣くなんて不誠実でしかないのに、ヴァンの腕はセレスを優しく包んでくれている。

ここに残ると選択したのも、またセレスの意思だ。未練がないと言ったのも本心。

けれど、エリオットと過ごしてきた美しい思い出が、今のセレスを作ったのも事実だ。

忘れることなんてできない。その一方で、戻れないことも理解している。

様々な出来事がセレスを成長させ、大人にした。

ここにはすでにセレス自身の物語が作られている。

愛する夫と娘がいて慎ましくも幸せな日々を送っている。

平民となった自分にできるのは、両手を伸ばして抱き締められるものを精一杯守っていくだけだ。

たとえ、魅了が解けた世界でも。

築き上げた小さな幸福の中で彼女は生きていく。

番外編　隣国の王太子夫妻は悪役令嬢を逃さない

「……ボルビアン国はそろそろ雨が降り始める頃ね」

自国から離れること五年。

セレスは窓の外に映る景色を眺めながらポツリとつぶやいた。

幸せな日々を送る中で徐々に薄まりつつあった記憶も、侍女やメイドに囲まれて高級な浅葱《あさぎ》色のドレスを着せられると思い出さずにはいられない。

自分がとある国の公爵令嬢で、王太子の婚約者だった過去。

あの時、冤罪《えんざい》によって追放されなければ、生まれ育った愛する国でゆくゆくは王妃になっていただろう。

その隣には、幼い頃から一緒に過ごしてきた婚約者が肩を並べ、信頼できる仲間たちが背中を支えてくれたに違いない。

しかし、思い描いていた未来は儚《はかな》い夢となって消えた。

否、奪われたのだ。

たった一人の男爵令嬢によって。

「セレス様、終わりました。いかがでしょうか？」

「大丈夫です。いつもありがとうございます」

ネオシィスト王国、王都のサンディーロ侯爵家邸宅《ていたく》。

その一角で貴族の若夫人らしい装いに着替えたセレスは、手伝ってくれた侯爵家の侍女やメイドたちに頭を下げた。

彼女たちは恐縮しきった様子で首を振ったが、自分もまた同じ平民だ。彼女たちに敬われる立場の人間ではない。

それに、自分よりも王家とも繋がりのある名門の侯爵家に仕える彼女たちの方が立場は上だ。

そもそも本来なら、平民になった自分が侯爵家でこんな待遇を受けるのも可笑《おか》しな話なのだが、これればかりは仕方ない。

「あら、またうちのメイドを困らせて」

「侯爵夫人……」

「そんなよそよそしくしないで、お義姉様と呼んでほしいのだけれど……。王太子妃様より先に呼ばれたら彼女きっと嫉妬《しっと》するわね」

準備が整った頃を見計らって現れたのはサンディーロ侯爵夫人だ。

三十歳になる彼女はオレンジの髪に、吊り上がった茶色の目が特徴的だ。

その見た目からは気の強そうな印象を受けるし、実際その通りなのだが、彼女がいかに愛情深い女性であるか、セレスは知っている。

義姉と呼んでほしいと思っているのも本心だろう。

侯爵夫人はセレスにとって、夫の兄の妻だ。

つまり本当に義理の姉というわけで、侯爵夫人の要求は至極まっとうなものなのだが、セレスは誤魔化《ごまか》すように微笑んだ。これは困った時に淑女《しゅくじょ》のマナーとして教わった対処方法だ。その癖がまだ抜けていない。

セレスが人形のように整った顔でにっこり笑えば、男性女性問わず大抵の人は顔を赤らめる。相手が一瞬でもこちらの笑顔に心奪われたら、直前に話していたことはうやむやになってしまうのだ。

セレスは、咳払《せきばら》いをして話を終わらせてくれてた侯爵夫人に安堵《あんど》の息をついた。

「王宮に向かう馬車は用意できているわ」

「お気遣い感謝致します。本日は王太子妃様に頼まれていた品物を納品するだけの予定ですので、女官の方にお渡ししたらすぐに帰ってくるつもりです」

「……それは、難しいんじゃないかしら」

短い銀髪を結い上げてくれるメイドに感謝しつつ、セレスはドレッサーの鏡越しに侯爵夫人を見つめた。

独り言にしては妙に大きな声だった。

セレスはその言葉の意味を訊ねようと口を開きかけたが、メイドから髪の毛のセットが終わったと話しかけられたためタイミングを失った。侯爵家のメイドはとても優秀で、すべての身支度はあっと言う間に終わる。

後は借りた宝石を身につければ、どこから見ても完璧な貴族の女性に仕上がった。

女性だったら、美しく着飾った自分の姿に胸を躍らせるものだろうが、セレスは憂鬱な気持ちになった。


――やっぱり、スウェットパンツにTシャツ姿でいるのが気楽でいいわ。


セレスは久しぶりにコルセットで締め上げられた腹を労るように撫《な》で、侯爵夫人と一緒に玄関ホールへ向かった。

「ミレーヌのことは任せて、気をつけて行ってらっしゃい」

セレスには三歳になる娘がいた。誰に似たのかお転婆な娘は、侯爵夫人の息子達と庭で走り回っている。

おかげで、セレスは心置きなく娘を預けて出掛けることができた。

「行って参ります、侯爵夫人」

感謝の意味も込めて丁寧に頭を下げたセレスは、用意された侯爵家の紋章《もんしょう》が入った馬車に乗った。

侯爵夫人が手配してくれた二人の護衛と共に、セレスを乗せた馬車は王宮に向かって走り出した。

◇　◇　◇

セレス——セレンティーヌ・ド・オグノアは、ボルビアン国の公爵家の一人娘として生まれた。

生まれてすぐに、国唯一の王子の婚約者となり、未来の王妃となるべく教育を受けていたのだ。

しかし、ある日身に覚えのない重罪を掛けられ国外追放となった。

愛する婚約者に裁かれ、愛する国から追い出された時は、これが決まっていた物語だと分かっていても受け入れるのに時間がかかった。


——ここは乙女ゲームの世界だ。


ヒロインとなる少女がいて、複数の攻略対象になる男性がいて、そして悪役となる令嬢がいた。

セレスは、乙女ゲームの悪役令嬢だった。

その事実に気づいたのは、ストーリーが始まる前、物語の舞台となる学園の入学案内書を手にした時だ。

突然、頭の中にセレスとは違う記憶が流れ込んできた。

そして自らの前世が、不運な死を遂げた社会人の女性であったことを思い出したのだ。その記憶の中に乙女ゲームが存在した。

信じたくはなかったが、セレスが追放されて死ぬことは最初から決まっていたのだ。

例え、何もしなくても。そういう運命だったのだ。

だから、今世こそは長く生きようと、運命に逆らって動いた。

その時に協力してくれたのが隣国の王太子夫妻だった。彼らはセレスを守るために一人の傭兵《ようへい》を紹介してくれた。

その傭兵《ようへい》は、王太子妃の弟で、侯爵家の次男。名をヴァン・サンディーロという。

彼は王都の外れでひっそりと暮らしており、表向きは貧乏な傭兵《ようへい》を装っていたが、王国随一の天才魔導師だ。

豊富な魔力に加え、繊細な魔力コントロールを得意としており、様々な魔道具を作り上げてきた。

だが、優秀だったからこそ侯爵家では、長男と次男でどちらが跡目に相応しいか争いになり、騒動にうんざりしたヴァンは家を飛び出してきたようだ。

そんな彼を放っておかなかったのが王太子だった。弟のことを心配した王太子妃の存在も大きいが、王太子自身がヴァンの才能を惜しんだという。

以来、ヴァンは王太子の直属の部下として、元々好きだった魔道具作りに打ち込めるようになったのだ。

そんなこんなで王太子夫妻の元で働く彼がセレスに紹介されたのは自然なことで……

最初に紹介された時は無粋な男だと思ったが、ヴァンはセレスが提案する魔道具のアイデアに興味を持ち、追放された後も面倒を見てくれた。ヴァンはボロボロに傷ついたセレスを献身的に支えてくれた。

彼のおかげで粉々に砕け散った心は癒やされ、生涯を共にする誓いも交わした。

二人の間に娘が誕生した時、ヴァンは王太子妃の助言もあって実家との関係を修復した。

初めて侯爵家に連れていかれた時は、自国から追放されて平民になった女など歓迎されないだろうと思っていたが、その予想は大きく外れた。

セレスが冤罪《えんざい》だったことはすでに周知の事実となっていたようで、自身の過去については何も聞かれなかった。

それより王都で噂になっていた「魔道具に革命を起こす謎の女性」の登場に、侯爵家の当主となったヴァンの兄――セレスの義兄は思いの外《ほか》興奮していた。

なぜなら義兄となった彼は、王宮の魔導師だったからだ。

「魔道具に革命を起こす謎の女性」の存在は王都の魔導師の中で有名で、義兄はずっと会いたいと上層部に掛け合っていたそうだ。

だが、「魔道具に革命を起こす謎の女性」――素性を隠していたセレスはその要望に応えることはなく、声を交わすことも出来なかった。

それが弟の嫁としてやって来たのだから、興奮しても無理はない。

セレスに魔道具の話を聞いてくる義兄の目は、新しい玩具を渡された子供のように輝いていた。

それは新しい魔道具を作り始める時のヴァンに、とても良く似ていた。

自分の存在は侯爵家にとって荷物になるかもしれないと心配していたが、ヴァンが侯爵家に戻ってきてくれたのもセレスのおかげだ、と深く感謝された。

本当にありがたいことだ。

ヴァンが侯爵家を離れたのは大好きな兄の為だった。二人の間に確執はなく、周囲が余計な騒動を起こさなければ、ヴァンは家を飛び出すこともなかっただろう。兄弟水入らず、仲良く過ごす二人を見ていれば分かる。

セレスのことがなくともいずれヴァンは侯爵家に戻っていたと思うが、自身の存在がヴァンの背中を押したのであれば嬉しく思う。

セレスにとっても、侯爵家は心強い味方となった。

◇　◇　◇

馬車は順調に進んでいた。

王宮は平民が気軽に出入りできる場所ではない。

しかし、王宮の門前の検問では引っかかるどころか、酷く緊張した様子の兵士が対応にあたり難なく通された。

それもその筈だ。

馬車に掲げられた紋章《もんしょう》は、王国で最も影響力のある王太子妃の実家なのだから。

彼女は王宮内で影の支配者とまで呼ばれており、王妃に継いで二番目に高貴な女性だった。

馬車から降りて王城に足を踏み入れたセレスは、担当してくれたパーラーメイドの案内によって、色合いと模様が美しい大理石の廊下を歩き、商人や業者が利用する応接間に辿り着いた。

応接間にはセレスと護衛の二人以外に誰もいない。

セレスは暫《しばら》くの間、メイドが入れてくれたお茶を飲みながら待つことにした。

香りも味も申し分のない紅茶に満足していると、顔見知りの女性が現れた。

「セレス様、本日はお越し下さりありがとうございます」

柔らかい口調で挨拶をしてきたのは、王太子妃付きの侍女だ。

彼女は王太子妃が子供の頃から長年仕えてきた侍女で、元々下級貴族の出だったが王太子妃の推薦で伯爵家に嫁いだ。子供ができたことで一時は王宮から離れていたが、王太子妃が第一子を出産したことをきっかけに呼び戻されたそうだ。

今は王太子妃が最も信頼を寄せる侍女長として立ち回っている。

セレスはソファーから立ち上がり、完璧なカーテシーで挨拶を返した。

「お呼び立てしてしまい申し訳ありません。本日は王太子妃様より承った品物を納めに参りました」

「ご苦労様です。さあ、お掛け下さい」

ソファーに掛けるよう促されて、セレスは再び腰掛けた。

彼女を見ていると昔の教育係を思い出して、自然と肩に力が入ってしまう。

王太子妃も子供の頃から良く叱られたと言っていた。

セレスは持ってきた木籠から商品を取り出してテーブルに置いた。侍女長の鋭い目が商品の中身を確認する。

「素晴らしいです。きっと王太子妃様も満足するでしょう」

そう褒められて安堵《あんど》した。これで納品が終われば、後は帰るだけだ。

早めに終わったことに内心喜びつつ、セレスはにっこり微笑んだ。

「それでは――……」

「王太子妃様より、セレス様がいらっしゃった時はどんな公務の時でも必ず自分のところへ通すように仰せつかっております」

あぅ……

セレスは思わず呻《うめ》きそうになったが、なんとか心の声だけに止め、侍女長の顔色を窺《うかが》った。表情が固まって口元だけがひきつる。

どうしても行かないといけませんか？　と目で訴えてみたが、侍女長は「絶対に逃がしません」と満面の笑みを浮かべてきた。もちろん目は笑っていない。

今になって侯爵夫人の言葉が頭を過った。彼女はこうなることを予想していたのだろう。

案の定、セレスは見事に捕まった。

◇　◇　◇

セレスは、侍女長に連れられ王太子夫妻の宮殿へ足を運ぶことになった。

通されたのは完全にプライベートのラウンジだ。

「こちらでお待ち下さい」

テーブルにはアフタヌーン・ティーが用意されている。セレスがここへ立ち寄ることはすでに確定していたようだ。

苦笑いしそうになった口元を引き締め、セレスは三人掛けのソファーに座った。

公爵令嬢だった頃の礼儀作法が身についていて良かった。

それでも前世を思い出してからは、「気軽さ」を知っているせいか、平民のほうが楽だと思うことが増えてきた。

「待たせてしまってごめんなさいね」

「ご機嫌麗しゅう。王太子妃殿下にご挨拶申し上げます」

「堅苦しい挨拶はしなくてもいいのよ、と言ったところで無理なのでしょうね」

一杯のお茶を飲み干したところで、王太子妃が現れた。セレスはスッと立ち上がり、ドレスの脇を持ち上げて頭を下げた。

王太子妃――シャロルはセレスの模範となるような綺麗な挨拶に笑い、反対側のソファーに座った。

褐色《かっしょく》の肌に金色の瞳をした王太子妃は青と水色のグラデーションになったドレスに身を包んでおり、その佇まいを眺めていると一枚の絵画を見せられている気分になる。

それだけ彼女の美貌《びぼう》は完璧だった。

「早速だけれど、持ってきてくれたものを見せてもらえるかしら？」

「畏まりました。こちらが白いレースと真珠《しんじゅ》を付けたコースターになります」

セレスは作ってきた品物をシャロルの前に並べて見せた。

有能な侍女はシャロルとセレスに新しいお茶を用意すると、壁と同化するように気配を消した。

「――良い出来ね。これならティーカップはもちろん、ワイングラスを置いても映えるわ」

「ありがとうございます。作った甲斐があります」

「素晴らしいわ。これを見本に、アンティークの一つとして売り出すことにするわ」

セレスは自分の作った品物をしっかり確認した上で、褒めてくれたシャロルに嬉しくなった。

そして、満足そうに金色の目を細めたシャロルに思わず見惚れてしまう。

同じ瞳なら、シャロルの弟であるヴァンのもので見慣れている筈なのに……彼女の瞳は人を魅了

する魔力でもあるんじゃないかと疑いたくなる。

王太子が、彼女を手に入れる為に何でもしたと冗談半分に言っていたが、あながち嘘ではないのだろう。

問題なく商品を納められたセレスは安堵《あんど》して、目の前のお菓子に手を伸ばした。

平民になってからは、ボルビアン国で食べていたような高価なお菓子は最小限に留めている。

セレスの稼ぎは悪くないが、公爵令嬢だった頃の生活から今の生活水準に慣れる為だ。

貴族でなくなった以上、贅沢は禁物だから。

……とは言っても、幼い頃からの趣向《しゅこう》は変わらず、今でも甘いものは大好きなのだけど。

「ここ最近は真珠《しんじゅ》の養殖《ようしょく》にも手を出していてね、養殖《ようしょく》のものは天然の真珠《しんじゅ》より低価格で売り出す予定なの」

「養殖《ようしょく》なら天然より安定して手に入れられますね」

どちらも納得のいく取引が終わり、お茶とお菓子を口に運びながら女性ならではの談笑を始めた。

「ええ、そうね。ただ養殖《ようしょく》で作られた真珠《しんじゅ》を、本物の真珠《しんじゅ》と認めていない人達が一定数は存在するわ。見栄っ張りの貴族が養殖《ようしょく》の真珠《しんじゅ》を身につけたがらないのが問題ね」

「なるほど……。では、身につける以外の方法で売り出すのはいかがですか？」

「何か良い方法でも思いついたのかしら？」

こういう他愛ない会話の中でこそアイデアは生まれるものだ。

ただ、セレスの場合は前世の記憶を持っていることが大きく関係していた。

「――真珠《しんじゅ》の入った美容液はいかがでしょう？」

「真珠《しんじゅ》の入った美容液……？」

「はい。真珠《しんじゅ》には細胞を活性化する作用と、保湿効果があると言われております。文献《ぶんけん》では他国の女王が真珠《しんじゅ》をすり潰して飲み物に混ぜて飲んだともありました」

真珠《しんじゅ》の九割はカルシウムとタンパク質でできているらしい。女性にとっては必要な栄養素が含まれているのだ。

だから、化粧品に使われていることが多い。

それを思い出したのは、前世で仲の良かった職場の先輩が、二万円もする真珠《しんじゅ》入りの美容液を使っていたからだ。

当時は「まじかー」と感心するだけだったが、転生した先でその知識が役に立つとは思わなかった。

高価な品物だけに、ターゲットは貴族の女性に絞られてしまうが、王太子妃が大切にしてやまない真珠《しんじゅ》の入った美容液なら皆こぞって買うだろう。

なにより貴族の女性たちは、美しくなるために出費を惜しまない。

「もちろん成分の検査は必要ですが、美容液という消耗品でしたら天然の真珠《しんじゅ》と比べられることもないでしょうし、競い合うことも、揚げ足を取られることもありません」

商品化してもらう為のプレゼンを行っている気分になったが……今までにすでに多くの魔道具を発案してきたセレスは、前世の記憶を掘り起こしながら丁寧に説明していった。

流石に美容液は作れないが、美容液を入れる容器や袋を手掛けられたら楽しそうだ。

すると、それまで大人しく説明を聞いていたシャロルが突然小刻みに震えだし、いきなり立ち上がってセレスの胸元に飛び込んできた。

「セレス、貴方って子は……！」

「え……っ⁉」

「素晴らしいわ！　真珠《しんじゅ》の入った美容液なんて！」

「わっ！　あ、あの、シャロル様……！」

突然綺麗な女性に抱きつかれて、セレスは反射的に両手を持ち上げた。


——大丈夫、まだ手は触れてない。


問題にならないよう体を仰け反らせたが、シャロルはセレスが戸惑っている様子に気がつくことなく、腰に両腕を回してきた。同じ女性であっても柔らかな双丘を押し付けられ、柔らかな体から爽やかな花の香りがすればドキドキしてしまう。

こんなところを彼に見つかったら非常にマズい。

王太子妃のためなら国一つ潰してしまうような男だ。

いくらセレスが女性で王太子妃の義妹であり、シャロルから抱き着いてきたのだと主張しても、彼には通用しないだろう。

しかし、運が悪いことに慌てふためくセレスと、子供のようにはしゃぐシャロルの元に、彼はやって来た。

「ほう、随分仲が良いな」

現れたのは、ネオシィスト王国の王太子――クロノスだ。

その黒髪の下に収まった緋色《ひいろ》の目がセレスを捉えて離さない。

正確には、シャロルに抱きつかれたセレスを、だ。

一瞬首筋が凍って、すでに胴体から切り離されたんじゃないかと恐ろしくなった。壁際に立っていた使用人達も真っ青になっている。

「クロノス王太子殿下……！」

セレスは両手と首を振って、必死に己の無実を訴えた。いや、その前に立って挨拶をしなければいけない。

セレスは一向に離れてくれないシャロルに慌てふためいた。

「ああ、立つ必要はない。我が妃に抱きつかれて身動きも取れんだろう」

今のは絶対に気にしている台詞だ。

セレスが涙目になると、シャロルが頭を持ち上げてにこやかに夫を出迎えた。

「クロノス、ちょうど良いところに！　今、セレスが養殖《ようしょく》の真珠《しんじゅ》を使った画期的な商品を提案してくれたのよ！」

「それは実に興味深い」

口の端を持ち上げたクロノスは、嬉しそうに話しているシャロルの唇にキスした後、なぜかセレスの隣に腰掛けてきた。


——どうして隣に座ってくるの……？


セレスは王国の王太子夫妻に左右から挟まれて身動きが取れなくなった。

「私も是非混ぜてもらおう。なぁ、セレス？」

覗き込んで見つめてくる緋色《ひいろ》の瞳が、獲物《えもの》に狙いを定めたように爛々《らんらん》と光っている。

セレスはごくりと喉を鳴らし、早い解放を願って口を開いた。

真珠《しんじゅ》の入った美容液は一度シャロルに説明した内容をそのまま伝え、他にも容器の入れ物や、美容液とセットで売り出す真珠《しんじゅ》の小物を提案してみた。

すると、クロノスは自身の顎を撫《な》でて感嘆《かんたん》の息をついた。

「よくも次から次に思いつくものだ」

「恐縮です……」

セレスが話を終えると、クロノスはシャロルの手を取って、反対側のソファーに移動してくれた。ようやく解放されたセレスはホッと息を吐き、カラカラに乾いた喉をお茶で潤した。

「真珠《しんじゅ》に関してはシャロルに任せてある。私もできる限り協力するとしよう」

「貴方ならそう言ってくれると思ったわ！」

シャロルは目を輝かせて嬉しそうにはにかんだ。

王太子妃としての気品と威厳《いげん》だけでなく、こういう子供のような態度も彼女の魅力だ。

王家に嫁いでくる前は、侯爵家で兄弟の魔道具を売り捌《さば》く敏腕の商売人だったと聞く。魔道具作りに夢中になる兄弟の代わりに、シャロルが侯爵家の財政を支え、事業を拡大してきたのだ。

クロノスはその能力を買っているのか、シャロルの手掛ける事業に協力はするものの手は出していないようだ。

「それにしても、お前が発案した魔道具の方も製作が追い付かないと、王宮の魔導師が悔し泣きをしていたぞ」

悔し泣きをしている王宮の魔導師師……その筆頭にいるのが義兄のサンディーロ侯爵である。セレスはお茶を飲んで聞こえない振りをした。

以前はクロノスに対して、他国であっても公爵令嬢という肩書きがあったおかげでそこまで畏まることもなかった。

しかし、今は平民なのだ。指一本の命令で簡単に首を刎ねられてしまう弱い立場だ。

クロノスはそのようなことはしないと知っているが、それでも緊張で飲みすぎたお茶が腹に溜まっていく。

「私もあの『デンシャ』には驚かされた。これまで以上にスピードの速い乗り物になっただけでなく、どんな天候の中でも安心して荷物が運べる。更に改良すれば多くの人を乗せて移動することもできるだろう」

クロノスは隣に座るシャロルの艶やかな黒髪を弄《もてあそ》びながら、開発されたばかりの魔道具について話し始めた。

大国の王太子をも驚かせたセレス発案の魔道具というのは、前世でいうところの電車だった。

魔法が存在するこの世界では前世とは異なり、やや規格外の代物《しろもの》も作ることができる。

セレスは線路のいらない電車を作ることができないかと考えたのだ。

土地を埋め立てて線路を走らせるには多くの人材と費用が嵩《かさ》む。そこで魔道具によって、走る電車の下にだけ線路を出現させ、場所を限らずに自由に走れる仕組みを提案した。

ヴァンの協力を得て模型を作り、試しに動かしてもらった時は、四角い箱が動いているだけのシュールな光景になってしまったが……その仕組みを知って多くの魔導師が感動して泣き崩れたという。

それから改良を経て、自動運搬車として生まれた乗り物は絶大な評価を貰っている。特に商人の間では、天候に左右されずに運搬が可能になったと評判だ。

何はともあれ、前世の電車のように人を乗せて移動するものを考えていたセレスは、クロノスの言葉に頷いた。

「だが、あの乗り物でも雪の上を駆け上がることは難しいだろうな」

「雪の上、ですか」

一瞬、セレスの脳裏《のうり》に雪上を猛スピードで走り回る乗り物が浮かんできた。

——スノーモービルみたいなものかしら？　それとも運搬用ならキャタピラとか？

前世の記憶を掘り起こしてしまったせいで、セレスの動きが完全に止まっていた。

「……その顔は何か思いついたようだな」

「い、いえ……っ」

声を掛けられて咄嗟《とっさ》に否定したが、クロノスの緋色《ひいろ》の目はすでに輝いていた。

クロノスの腕に自らの腕を絡ませたシャロルはふふ……と笑い「セレスは本当に嘘がつけない性格ね」と指摘する。

「素直なのは良いことだが、素直すぎて酷い目に遭わないか心配になる」

クロノスは楽し気な様子のシャロルを眺め、ポツリと零《こぼ》した。

「酷い目にならすでに……」

「そうだな。だが、そのおかげでセレスは我が国の民となり、セレスのアイデアで我が国は類を見ない魔道具の発展を遂げ、国益も増えていく一方だ」

「それは……素晴らしいですね」

セレス自身もこの国に来て本当に良かったと思っている。自分の存在が国益に繋がっていて、お世話になった王太子夫妻を助けることができているなら嬉しい限りだ。

だが、セレスのアイデアに食いつくクロノスの姿はとてつもなく……

おかげでこちらの心臓はいくつあっても足りないぐらいだ。

ちなみに馬車馬のように働かされているヴァンも、いつか過労死するんじゃないかと心配になっている。

サンディーロ侯爵も新しい魔道具に興奮して今度こそ心臓発作を起こすかもしれない。

クロノスの期待は嬉しくも重いもので、とにかく体に悪いのだ。

「褒美が欲しい時は遠慮なく言え。爵位《しゃくい》でも領地でも好きなだけやろう」

「ご遠慮させていただきます」

出来ればしばらく安息を。そう言いかけたところで呑み込んだ。

「全く、セレスといい、ヴァンといい。こうも無欲だと逆に何かあるんじゃないかと疑いたくなるんだが」

「……私は、本当に何も」

「冗談だ。お前たちは全くからかい甲斐がある」

「クロノス、いい加減にしないとヴァンとセレスが国から逃げてしまいますよ？」

「それは困るな。私が国王になってからも二人には尽力してもらいたいんだがな」

「──っ！」

遠回しに逃がす気はないと言っているようなものだ。クロノスもシャロルも。

この似た者夫婦はヤバすぎる。

セレスは顔に笑みを張り付けてやり過ごそうとしたが無駄に終わった。

「さて、セレス。今思いついたものを教えてくれるか──？」

それから数時間、王太子からの鋭い尋問《じんもん》はヴァンが救いに来てくれるまで続いた。

新＊感＊覚ファンタジー！

Regina レジーナブックス

Regina レジーナブックス

ざまぁ地獄にご招待!?

「聖女など不要」と言われて怒った聖女が一週間祈ることをやめた結果→1～2

八《や》緒《お》あいら

イラスト：茲助

祈りを捧げることで、国を守護している聖女ルイーゼ。けれどある日、王子であるニックに呼び出され、「聖女など不要」だと言い渡されてしまう。聖女の加護がなくなれば、国は災厄に見舞われる——そう訴えるものの、ニックは頑として認めない。そこでルイーゼは、聖女の力を証明するべく、一週間祈らないことを決意。すると、たちまち魔物が不穏な動きを見せ始めて……

詳しくは公式サイトにてご確認ください。

https://www.regina-books.com/

携帯サイトはこちらから！

Regina COMICS
最後にひとつだけお願いしてもよろしいでしょうか
原作 鳳ナナ
漫画 ほおのきソラ
1〜4
アルファポリスWebサイトにて
好評連載中!
新章開幕!!
シリーズ累計450,000部突破!!!
大好評発売中!
シリーズ累計45万部(電子含む)
待望のコミカライズ!
舞踏会の最中に、第二王子カイルから、いきなり婚約破棄を告げられたスカーレット。さらには、あらぬ罪を着せられて〝悪役令嬢〟呼ばわりされ、大勢の貴族達から糾弾される羽目に。今までずっと我慢してきたけれど、おバカなカイルに付き合うのは、もう限界!　アタマに来たスカーレットは、あるお願いを口にする。――『最後に、貴方達をブッ飛ばしてもよろしいですか?』
アルファポリス 漫画
検索
B6判/各定価:748円(10%税込)

原作 雪兎ざっく
Zakku Yukito
漫画 鳴海マイカ
Maika Narumi
RC Regina COMICS
Eランクの薬師 1〜4
シリーズ累計 27万部 (電子含む)
異世界成長ファンタジー待望のコミカライズ!
薬師のキャルは、冒険者の中でも最弱のEランク。役立たずと言われながらも、仲間のために薬を作り続けていたのだけれど……ある日、ついにパーティを追放されてしまった! 故郷に帰るお金もなく、見知らぬ町で途方に暮れていると、ひょんなことから死にかけの魔法剣士・カイドに出会う。さっそく彼に治療を施し、自作の回復薬を渡したら、なぜかその薬を大絶賛されて――!?
Eランクの薬師
雪兎ざっく 鳴海マイカ
落ちこぼれ薬師、チート能力大解放!?
秘密の特効薬で黒幕に痛快ざまぁ!
アルファポリスWebサイトにて好評連載中!
B6判／各定価:748円(10%税込)
アルファポリス 漫画 検索
大好評発売中!

この作品に対する皆様のご意見・ご感想をお待ちしております。
おハガキ・お手紙は以下の宛先にお送りください。

【宛先】
〒150-6008 東京都渋谷区恵比寿4-20-3 恵比寿ガーデンプレイスタワー 8F
(株) アルファポリス　書籍感想係

メールフォームでのご意見・ご感想は右のQRコードから、
あるいは以下のワードで検索をかけてください。

アルファポリス　書籍の感想　検索

ご感想はこちらから

本書は、「アルファポリス」(https://www.alphapolis.co.jp/) に掲載されていたものを、
改稿、加筆のうえ、書籍化したものです。

魅了《みりょう》が解《と》けた世界《せかい》では

暮田呉子 (くれたくれこ)

2021年　9月　5日初版発行

編集ー加藤美侑・篠木歩
編集長ー倉持真理
発行者ー梶本雄介
発行所ー株式会社アルファポリス
〒150-6008 東京都渋谷区恵比寿4-20-3 恵比寿ガーデンプレイスタワー8F
TEL 03-6277-1601 (営業) 03-6277-1602 (編集)
URL https://www.alphapolis.co.jp/
発売元ー株式会社星雲社 (共同出版社・流通責任出版社)
〒112-0005 東京都文京区水道1-3-30
TEL 03-3868-3275
装丁・本文イラストー春野薫久
装丁デザインーAFTERGLOW
(レーベルフォーマットデザイン―ansyyqdesign)
印刷ー中央精版印刷株式会社

価格はカバーに表示されてあります。
落丁乱丁の場合はアルファポリスまでご連絡ください。
送料は小社負担でお取り替えします。

ISBN978-4-434-29294-1 C0093